Resi Schandra

ZEITFURCHEN

Erzählung

Titelbild: Franz Zoglauer, Waldwinter, Aquarell, 2005
Seite 79: Franz Zoglauer, Liebende, Ölkreide, 2006
Seite 82: Franz Zoglauer, Kuh liegend, Bleistiftzeichnung, 1985
Lektorat: Marcel Diel

94089 Neureichenau, Riedelsbach 46
Tel: (0 85 83) 24 54, Fax: (0 85 83) 9 14 35
E-Mail: edition-zweihorn@web.de
Internet: www.edition-zweihorn.de

ISBN (10): 3-935265-25-5
ISBN (13): 978-3-935265-25-6

Resi Schandra

ZEITFURCHEN

Ein treffendes Wort, aber nur ein Wort.

Ein Wort allein genügt nicht,
um Geschehnisse zu erzählen.
Also habe ich viele Worte gesucht,
um die Geschichte lebendig
werden zu lassen.

I

Die frostigen Tage und Nächte wollten kein Ende nehmen.

Schon im Oktober fiel der erste Schnee und blieb liegen. Ein langer Winter stand bevor und die Sorge, ob das Heu bis zum ersten Grünfutter reichen würde, war berechtigt.

Die Koller-Kinder hauchten Gucklöcher in die zugefrorenen Fensterscheiben. Es gab wenig zu sehen auf der Lichtung, die von bewaldeten Hügeln und Tälern in unüberschaubarer Weite eingesäumt war.

Franz, der Vater, hob drei Ringe aus der Herdplatte und zwängte ein knorriges Buchenscheit hinein. Beißender Rauch waberte in der Stube, bis das Feuer das Holz auf die passende Länge gefressen hatte und die Öffnung wieder geschlossen werden konnte.

Die Mutter legte das Strickzeug auf den Tisch, stand auf, ging ein paar Schritte und setzte sich wieder.

Plötzlich griff sie sich mit beiden Händen ins Kreuz und massierte eine bestimmte Stelle.

„Franz, i glaub, es is so weit, hol d' Hebamm – gschwind!"

„Wos! Heit bei dem Wetter? Kannst nimmer woartn?"

„Naa!"

Die Wehen hatten eingesetzt. Annis Gesicht war so grau wie die Kittelschürze, die sich über ihren Bauch spannte. Es spiegelte die Angst vor dem ungewissen Ausgang der Geburt wider.

„Zwo Stund muasst aushoitn, Anni!", warf Franz seiner Frau zu, bevor die Haustür hinter ihm ins Schloss fiel.

•

Die Hebamme war eine tüchtige und resolute Person. Für die Frauen war sie Beichtvater und Ratgeber zugleich. Sie vertrauten ihr Dinge an, die sonst nur hinter vorgehaltener Hand ausgesprochen wurden. Couragiert und mutig klärte sie die Männer auf und wusch so manch Uneinsichtigem den Kopf.

Auch bei Franz Koller legte sie sich keine Zurückhaltung auf, wenngleich sein wildes Äußeres zur Vorsicht mahnte. Der schwarze Haarschopf, der widerspenstig nach vorn strebte, der durchdringende Blick seiner stahlblauen Augen hielten sie nicht davon ab, ihm die Leviten zu lesen.

Geschäftig stellte sie Wasser auf, hängte Windeln und Hemdchen über die Ofenstange zum Anwärmen. Dann ging sie zielstrebig in die Schlafkammer der Eheleute. Sie kannte sich gut aus in den Räumlichkeiten der Behausung, in die sie schon zweimal gerufen worden war. Vor zehn Jahren hatte sie Maria und vor sieben Jahren die Zwillinge Hermann und Jakob entbunden.

Zäh verging die Zeit, quälende Stunden für Anni. Ihr stand der Schweiß auf der Stirn, aber dankbar für jedes tröstende Wort ertrug sie klaglos die immer häufiger einsetzenden Wehen.

Endlich kündigte ein dünner Schrei neues Leben an.

„Do schau her, Koller, an gsundn Buam host."

Wie eine Trophäe hielt sie dem Vater das wimmernde Bündel entgegen.

„I hätt 'n nimmer braucht!"

„Soso, dann hättst as in Ruah lossn soin, du host den süaßn Opfe mögn, jetzt muasst aa in den sauern beißn! Es muass des letzte sei, sie is schließlich scha vierzig!"

„Gib man wieder!"

Weinend raffte Anni das Kind an ihren Körper.

Er war nicht immer so hart, so verbittert. Die Not, die schwere Waldarbeit, er wird nach Baummeter bezahlt. Je schneller er arbeitet, desto mehr verdient er, und er arbeitet schnell, versuchte sie sein grobes Verhalten zu entschuldigen.

Von den Geschwistern wurde der Bruder nicht

freudiger und interessierter betrachtet als ein neugeborenes Lamm.

„Geh endlich, Vodder!“ Maria zerrte an seinem Hosenbein. „Es langt scha!“

„Brauchst di net fürchtn, Dirnei, du kimmst scha net aus da Schüssl.“

•

Mühsam schälte sich das Tageslicht aus der Dämmerung. Franz löschte die Petroleumlampe. Es hatte wieder zu schneien begonnen, Grund genug für ihn, aus dem Haus zu kommen. Der Wind trieb den Pulverschnee zu haushohen Verwehungen zusammen. Alles war in milchiges Weiß gehüllt, die Wipfel der Bäume und die Grenzen der Wege konnte man nur ahnen. Franz versuchte der gewaltigen Schneemassen Herr zu werden. Von Zeit zu Zeit rammte er die Schaufel schräg in den Schnee, stützte sich darauf, um zu verschnaufen. Sein Atem dampfte und verharrte für Sekunden vor seinem Mund. Eine Krähe flog auf und zerriss mit krächzendem Ruf die winterliche Ruhe.

Im selben Moment entfuhr Franz ein frevelnder Fluch. Er hatte Fuchsspuren entdeckt. Er verfolgte sie bis zum Hühnerstall. Hastig zählte er sein Federvieh.

Noch einmal Glück gehabt. Aber er wird aufpassen. Füchse lassen nicht locker, wenn sie Fressen wittern.

Einige Schritte vom Haus entfernt stand ein Wassertrog, ein ausgehöhlter Baumstamm, der auf vier Steinen ruhte. Das Wasser wurde von einer Quelle im Berg hergeleitet. Im Sommer schoss es daumendick aus dem Rohr, und bei geöffneten Fenstern hörte man es plätschern bis in die hinterste Kammer.

Jetzt hörte man es auch, aber verhaltener. Man musste schon vor die Tür treten, um es wahrzunehmen. Stricknadeldünn rann es durch ein Eisröhrchen, aber ausgeblieben war es bislang nie.

Franz war allein da draußen, ohne den Schutz des Dorfes oder eines Nachbarn. Seine Wangen begannen zu brennen und wurden langsam gefühllos.

Wer da glaubt, die Natur bringe nur Schönes hervor, der hat ihn nie kennen gelernt, den Leib- und Seelenmarterer, wie Franz solche Winter nannte. Der hat ihn nie gespürt, den stechenden Schmerz der Kälte in Zehen und Fingern.

•

Anni lag erschöpft in den Kissen, den Kopf dem Kind zugewandt, das in ihrer Armbeuge schlief. Das kupferrote Haar, das wie geflochtene Bänder auf ihrer Brust lag, und die fein geschnittene schmale Gesichtsform hatte sie dem Buben vererbt.

Die beiden wären ein lohnendes Motiv gewesen für einen Maler oder Dichter, die sonst nicht vermochten, den Geruch der Armut darzustellen.

Armut kann man riechen, wusste die Hebamme. Sie riecht nach Kraut und Rüben, saurer Milch, muffiger Wäsche, Schweiß, Urin und nicht selten nach Alkohol.

„Woasst scha, wia der Bua hoißn soit, Kollerin?“

„Ludwig, wia mei Großvodder.“

•

Ludwig wurde in eine Familie hineingeboren, in der sich schon zu viele hungrige Mägen ums Essen stritten. Für Maria war der Bruder nichts weiter als ein lästiger Störenfried, die Ursache für das lange Kränkeln der Mutter.

Es gab Tage, die Anni nur mit Müh und Not bewältigen konnte. Dunkle Ringe unter den Augen verrieten durchwachte Nächte. Ludwigs bellender Husten riss sie immer wieder aus dem Schlaf, und dass Franz sein eigen Fleisch und Blut mit keinem Blick würdigte, bedrückte sie. Die Traurigkeit grub sich in ihr Gesicht ein. Wenn Anni sich unbeobachtet glaubte, unterbrach sie die Arbeit, nahm das Kopftuch ab und ließ ihre Tränen darin verschwinden.

Tage, Wochen und Monate, zusammengezählt,
ergeben ein Jahr.
Lauwarmer Wind bringt die Gewissheit:
Der Frühling ist da.

Er kam hier ein wenig später als anderswo, aber mit der gleichen Bestimmtheit. Bäche und

Gräben waren außer Rand und Band, weiß schäumend von geschmolzenem Eis und Schnee. Das Gurgeln und Plappern des Wassers war nicht mehr zu überhören. Noch sahen die Äcker zwar aus wie das schäbige Fell streunender Hunde, doch unaufhaltsam schälten sich Knospen und Blätter aus ihren Winterquartieren und reihten sich ein in das Drängen, Toben und Treiben.

Aus den Wäldern hallten die Axtschläge der Holzfäller. Bei klarem Wetter hörte man das Ächzen und Krachen der fallenden Bäume bis in die Täler.

Anni stand im Garten. Sie rückte den Maulwürfen zu Leibe. Die Blätter der jungen Pflänzchen waren verwelkt und gelb. Sie hob sie von der Erde auf, alle Wurzeln waren abgestorben. Als sich nach einer halben Stunde das Erdreich bewegte, kniff sie die Lippen zusammen, holte mit dem Spaten aus und schlug zu.

Erwischt – und wieder einer weniger.

„Geh her, Wiggerl, geh her und loss 'n verschwindn!"

„I net, Muadder, i net!“

„Geh weg, du Hosnscheißer!“ Maria schubste den schmächtigen Bruder zur Seite, packte das breitgeschlagene Tier am Schwanz, schleuderte es in hohem Bogen auf den Misthaufen, trat einige Male darauf, stützte die Hände in die Hüften und blähte sich auf, als hätte sie eine Heldentat vollbracht.

Ludwig wurde blass. Bis zum heutigen Tag hatte er gerätselt, wer die vier Kätzchen im Tümpel ertränkt hatte. Jetzt war er sicher, nur Maria konnte dazu fähig sein.

In der Nähe des Hauses gab es einen größeren Stein mit einer Vertiefung. Da saß er oft, wenn ihm etwas widerfahren war, das ihn beschäftigte.

Damals hatte er tagelang mit der Katzenmutter um die Jungen getrauert.

Wenn Steine reden könnten, sagte Ludwig später einmal, dann könnte euch dieser Stein viel erzählen.

•

Sobald die Mutter außer Sichtweite war, war Ludwig der Willkür der Geschwister ausgesetzt.

Maria wurde seine größte Peinigerin. Wenn sie ihre Unschuldsmiene aufsetzte und scheinheilig „gell Vadderl“ flötete, konnte sie den Vater um den Finger wickeln wie einen Wollfaden.

Mit dieser Methode verfolgte sie nur ein Ziel: Herrschen und Beherrschen. Es bereitete ihr sichtliches Vergnügen, alle drei Brüder zu kommandieren und sie antreten zu lassen wie Soldaten.

„Mund auf – Augen zu!“, schrie sie im Befehlston.

Hermann und Jakob wurden schnell mit einem Happen belohnt.

Ludwig ließ sie zappeln. Sie kostete die Macht über ihn weidlich aus.

„Mach den Mund auf – weiter – noch weiter!“

Ludwig gehorchte, er sperrte den Mund auf, bis seine Mundwinkel brannten. Maria legte ein Stück Brot auf seine Zunge, ließ es aber nicht los. Bevor er zuschnappen konnte, verschwand es in ihrem Mund und sie verzehrte es selbst genießerisch schmatzend vor seinen Augen.

In das brüllende Gelächter der Geschwister konnte er nicht einstimmen. Es verfolgte ihn bis in seine Träume.

Auch Hermann benutzte Ludwig als Prellbock, um die eigenen Schwächen zu vertuschen.

Er lockte ihn mit falschen Versprechungen zu sich ins Bett. So konnte er den Vater leicht überzeugen, dass nicht er, sondern „da Rotschopfat" der Bettnässer war. Hermann wusste, aber ohne schlechtes Gewissen, dass er damit Ludwig den wuchtigen Schlägen seines Vaters aussetzte.

Ludwig wehrte sich nicht mehr, er hatte nur eine Bitte: „Vodder, net mit 'm Ream!"

Als Anni hinzu kam und sah, dass Franz gerade

dabei war, den Gürtel aus den Schlaufen zu ziehen, entriss sie ihm Ludwig wie eine Beute.

„Loss den Buam in Ruah, hörst, Franz, sonst gschiahgt a Unglück!“

Mit geballten Fäusten und reglos wie ein Pfosten stand sie da, nur eine Handbreit von ihm entfernt. Die sonst so gütigen Gesichtszüge verzerrten sich und die drohende Haltung erweckte den Eindruck, als wäre sie jede Sekunde dazu bereit, auf ihn einzudreschen.

Völlig überrumpelt vom plötzlichen Widerstand seiner Frau verschlug es Franz die Sprache. Irritiert nahm er den Rucksack vom Nagel, verstaute Gegenstände darin, die ein Holzfäller nie und nimmer benötigt.

Es war März, als er ging.

•

Es war Herbst, als er wieder auftauchte.

„Jessas!“, entfuhr es Anni, entsetzt über sein verwahrlostes Aussehen.

Kein Wort des Vorwurfs kam über ihre Lippen.

Sie schüttete heißes Wasser in einen Waschzuber und warf ein Stück Kernseife hinein, legte die Hand auf seine Schulter, rüttelte sie ein wenig und sagte mit ruhiger Stimme: „Geh her, Franz, und wosch di, i moch dir derwei a Brotsuppn!“

Franz nickte, sichtlich erleichtert, dass er ohne lästige Fragerei wieder aufgenommen wurde.

Er klemmte eine Spiegelscherbe zwischen zwei Holzscheite und begann sich zu rasieren – eine langwierige Prozedur, denn seine Hände zitterten wie die eines alten Mannes.

Nach der Rasur sah Franz durch die vielen blutenden Schnittwunden noch erbarmungswürdiger aus als zuvor.

Anni schob ihm die randvolle Suppenschüssel zu. „Iss, Franz, dass ’s net koit wird!“

Den Kopf tief in die Schüssel gesenkt, löffelte er die Suppe und sah erst auf, als er damit fertig war, wischte sich den Mund sauber und verzog ihn zu einem satten Lächeln.

•

Die schöne Zeit, neben der Mutter einzuschlafen und neben ihr aufzuwachen, war nun vorbei, aber ihrem Einsatz verdankte Ludwig, dass sein Vater nie mehr gegen ihn handgreiflich wurde. Und dafür liebte er sie ohne Ende. Über den Tod hinaus.

Monate später hatte Ludwig eine unruhige Nacht. Er fieberte freudig dem ersten Schultag entgegen. Endlich konnte er allen beweisen, dass er kein Stroh im Kopf hatte.

Er hüpfte durch das Dorf, um die Leute durch das Scheppern seines hölzernen Schulranzens auf sich aufmerksam zu machen.

Prompt fragte einer: „Ja, Wiggei, muasst du aa scha in d' Schui?"

„Freili!"

Ludwig verstand nicht, warum so viele Kinder

die Hand der Mutter nicht loslassen wollten und Rotz und Wasser heulten.

Die Lehrerin nahm ihn bei den Schultern und drückte ihn auf die erste Bank. Sie trug ein dunkelblaues Kleid mit unzähligen weißen Tupfen. Es war vom Halsausschnitt bis zur Bauchmitte mit schimmernden Perlmuttknöpfen verschlossen.

Ludwig schnupperte. Sie roch anders als die Mutter. Keine Spur von Hühnerfutter, Ziegenstall oder Heu.

•

„Hot die guat gschmeckt, Vodder!“

„Weiber aus da Stodt schmeckan net, Bua, de duftn gfährli, sog i dir, gfährli noch Rousn oder Veigerl oder…“

Franz räusperte sich.

Anni horchte auf. Immer, wenn er sich räusperte, kam etwas, das nur für sie bestimmt war oder nicht ganz der Wahrheit entsprach.

Ungeniert und einen Ton lauter schwärmte er weiter: „Die ham koan zerkratztn Fuaß, koa Krampfoder, die ham a Haut so weiß wia gschälte Erdöpfe und Wimpern so lang wia unser Reisatbesn...“

Anni bremste ihn.

„Jetzt schau eahm net a! Wia möchst denn du des wissn, du narrischer Gockl, du!“

„Ja mei, moanst, i bin auf da Brennsuppn daher gschwomma, ha?“

So zog sich das fröhliche Geplänkel dahin und endete mit einem herzhaften Lachen der beiden.

•

„Ein blitzgescheiter Bub, der Ludwig. Er meldet sich nicht oft, ist bescheiden, hilfsbereit und ruhig, aber wenn ich ihn aufrufe, bleibt er mir keine Antwort schuldig. Noch einmal, Frau Koller, blitzgescheit ist der Bub, aus ihm könnte was werden.“

Das Lob der Lehrerin brachte ein Leuchten in

Annis Augen. Sie seufzte. Er wird Knecht werden müssen, was sonst.

•

Ludwig hetzte mit dem ersten Zeugnis nach Hause, als wäre eine Meute Jagdhunde hinter ihm her. Nach Atem ringend hielt er es dem Vater unter die Nase.

„Schau her, Vodder, schau her!"

Sein Vater zog verächtlich die Mundwinkel nach unten. „Mit dem Wisch kannst du dir nix kaufa. Do muasst as hobm heitzutog" – er umklammerte Ludwigs Oberarm wie mit einer Rohrzange – „und net do!" Er tippte sich gegen die Schläfe. Dann spuckte er auf das Zeugnis und klatschte es Ludwig so heftig auf die Stirn, dass sein Kopf nach hinten schnellte.

Ludwigs Herz raste vor Wut und Aufregung.

Er verkroch sich ins Heu. Das Sonnenlicht strömte durch die vielen Astlöcher in den Wandbrettern. Millionen von Staubteilchen wirbelten im Lichtkegel durcheinander. Einige glänzten wie Gold.

Ludwig wünschte sich, er wäre eines von ihnen und für keinen mehr sichtbar.

Das zahl ich ihm heim, wenn ich groß bin. Ich werde ihn beißen und an den Ohren ziehen. Ich werde ihn schlagen.

Er bekräftigte seinen Gedanken mit zornigem Getrampel aufs Heu.

•

Das Heumachen ist fast immer ein Wettlauf mit dem Himmel. Manchmal vergehen nur Minuten vom ersten Regentropfen bis zum Wolkenbruch. Je schneller das Heu in der Scheune ist, desto besser.

Im schlimmsten Fall, so eine Bauernweisheit, könnte feuchtes Heu in Brand geraten. „Nicht wir sind es, die aus Gras Heu machen“, wiederholte die Mutter jedes Jahr, „es ist die Sonne, die aus Gras Heu macht. Also betet, dass die Sonne anhält!“

So verbrachte Ludwig oft Stunden dort, wo ihn keiner vermutete und keiner hörte, wenn er Selbstgespräche führte. Er beschimpfte sich, er lobte sich, er tröstete sich. Ausgiebig spielte er mit seinen Fingern, und er befragte sie: Wo geht die Sonne hin, wenn sie untergeht?

Die Mutter behauptet, der Mond hat einen Hof. Gibt es Tiere auf dem Hof um den Mond?

Bis das Heu im Stadel ist, sind viele Helfer notwendig. Für den Sprung aus vier, fünf Metern Höhe braucht man niemanden. Die Entscheidung, ob man springt oder nicht springt, fällt man allein.

Ludwig stand am Rand des Heuschobers, breitete die Arme aus, zählte bis zehn und – sprang.

Es war das befriedigendste und köstlichste Erlebnis seiner Kindheit – fliegen zu können, ohne Schaden genommen zu haben aufzustehen und davonzulaufen.

•

Jedes der Kinder musste bei allen Arbeiten, die anfielen, mitanpacken. Maria aber widersetzte sich, wenn es darum ging, den Stall auszumisten.

Den Gestank des Ziegenbocks und ihn selbst konnte sie nicht ausstehen, denn Loisl stieß alles über den Haufen, was ihm vor die Hufe kam. Auch Maria hatte schon schmerzhafte Bekanntschaft mit seinen Hörnern gemacht, was sie ihm nicht vergessen konnte.

Sie sann auf Rache.

Sie lockte den Bock aus dem Stall, rannte vor ihm her quer durch den Garten, bis er schnaubte und ihm die Zunge heraushing. Maria lehnte sich an den Apfelbaum. Abrupt blieb auch der Bock stehen wie festgenagelt. Dann nahm er Anlauf, Maria sprang zur Seite, und der Bock donnerte gegen den Stamm. Durch die Wucht des Aufpralls zog es ihm die Beine weg und er blieb benommen liegen.

Maria hatte sich inzwischen über eine Leiter auf das Blechdach des Holzschuppens gerettet. Die Leiter lehnte den ganzen Sommer über an der Dachrinne. Die Mutter benutzte nämlich das Dach als Trocken- und Dörrfläche. Sie bedeckte es mit Zeitungspapier und belegte es mit Holunderblüten, Pfefferminzblättern oder blättrig geschnittenen Steinpilzen.

Neben der Leiter hing ein Rechen mit kurzem Stiel. Franz hatte ihn für seine Kinder angefertigt. Der Streit um das begehrte Werkzeug war vorhersehbar – und dass Maria ihn gewinnen würde, auch.

Mit unbändiger Schadenfreude wetzte Maria ihre beiden Zeigefinger aneinander und plärrte zu dem torkelnden Bock hinunter:

„Sehgst, des host jetzt davo, du Mistviech, du stinkats!“

•

„Warum stinkt a Goaßbock so fürchterlich, Vodder?“

Franz schob die Schultern bis zu den Ohrläppchen hoch und druckste verlegen herum: „Mei, frag d’ Muadder, sie woaß gwiss!“

„I? Ja, i glaub, des hot a Bock so an sich!“

Damit war das Thema erledigt.

•

Ludwig fütterte die Hasen. Zu Frühlingsanfang waren es Löwenzahnblätter. Es gab mehr als genug davon. Wenn der Löwenzahn Geld wäre, überlegte er, gäbe es viele reiche Leute.

Ja, wenn …

Nur einmal gab es einen Hasenbraten. Am Schlachttag war Ludwig nicht aufzufinden, er hockte in einem seiner Verstecke und hielt sich die Ohren zu.

„Wiggerl, mogst du nix essn?“

„Mi hungert net, Muadder!“

„Du wirst doch koa Krankheit ausbruatn, Bua?“

Ludwig sah den lebenden Hasen in der Reine sitzen mit einem Grasbüschel zwischen seinen

Kiefern, das er mit einer Schnelligkeit fraß, wie man es selten bei einem Tier sieht.

Bei dem Gedanken, in dieses Fleisch zu beißen, rebellierte sein Magen, und der Inhalt landete auf dem Misthaufen.

•

Wenn der Löwenzahn verblüht war und die Haselnussstauden im Saft standen, machten sich die Buben ans Pfeiferlschnitzen.

Allen voran Ludwig. Er suchte einen fingerdicken Zweig, schnitt ihn auf die gewünschte Länge und steckte das Stöckchen in den Mund, um es zu befeuchten. Mit gleichmäßiger, aber verhaltener Kraft klopfte er es mit dem Holzgriff seines Taschenmessers rundherum ab und sagte dazu sein Sprücherl auf:

Pfeiferl, Pfeiferl, geh o,
geh mit mir en Klee o,
geh mit mir ins Summerhaus,
treibm ma Küah und Ochsn aus.

Feinbaumane Rindn,
Loss di a weng schindn,
Loss di a weng boign,
dann kann i dir leichter
dei Gwandl obzoihgn.

Durch das Klopfen trennte sich die Rinde vom Holz, sodass er es herausziehen konnte. Zuletzt schnitzte er das Mundstück und eine Kerbe hinein, und das Pfeiferl war fertig.

Der Vorgang dauerte nicht lange, doch für genau diese Zeit stand Ludwig im Mittelpunkt seiner Schulfreunde.

II

Maria ging, so oft die Mutter sie entbehren konnte, zur alten Kramer Zenz. Sie half ihr beim Putzen, beim Einräumen der Regale und beim Erfreulichsten, dem Verkauf.

Wenn sie sich die weiße Schürze umbinden durfte, wuchs sie über sich hinaus. Sie fühlte sich herausgehoben aus dem gewöhnlichen Stand der Dienstmägde. Ihr Wochenlohn waren Süßigkeiten oder Lebensmittel, die sich keine Kundschaft mehr andrehen ließ.

Jeden Mittwochnachmittag zupfte sie ihre Kleidung zurecht, benetzte den Zeigefinger mit Speichel und zog damit die fein geschwungenen Augenbrauen nach. Sie nahm die Zopfhalter ab – für ihn wollte sie das Haar offen tragen, um erwachsener zu erscheinen.

Punkt drei Uhr bimmelte die Ladenglocke.

„Grüß Gott, Fräulein Maria!“

„Grüß Gott, Herr Lehrer!“

„Was darf es sein?“, fragte sie, obwohl sie wusste, dass er nichts anderes kaufte als ein Päckchen Tabak Marke „Samson“, Zigarettenblättchen und für dreißig Pfennige Minzkugeln.

Auffallend langsam zählte Maria die Kugeln in eine Spitztüte.

„Bitteschön, Herr Lehrer.“

Sie legte ihm alles sorgfältig auf den Ladentisch und berührte dabei wie zufällig seine Fingerspitzen.

Der Lehrer trug eine Brille, das war das erste, was an ihm auffiel. Wie elektrisiert setzte er sie ab, kam nah an ihr Ohr, drückte Maria das Tütchen in die Hand und flüsterte: „Ich schenke sie Ihnen!“

„Danke, Herr Lehrer!“

„Rudolf ist mein Name!“

„Danke, Rudolf“, wisperte sie.

Ein Gemisch aus Tabak und Rasierwasser stieg Maria in die Nase, sie atmete den Duft mit geschlossenen Augen tief ein.

„Des gfoit mir net, Marei, des gfoit mir net!“, fuhr die Zenz mit erhobenem Zeigefinger dazwischen.

„Mir scha, Kramerin, mir scha!“

•

Jahre später.

Der Sommer neigte sich dem Ende zu, die Tage wurden kürzer, und an den spärlichen Gräsern hing schon die Feuchtigkeit der Nacht.

Über den gepflügten Feldern kreisten die Bussarde immer niedriger.

Im milden Licht des Altweibersommers zogen die Spinnen gleichmütig ihre Fäden, und der Wald begann sich von seiner schönsten Seite zu zeigen. Anfang Oktober unterbrach der erste Herbststurm die friedliche Stille.

Die Kramer Zenz prophezeite einen Winter mit so viel Schnee, dass die Hühner die Sterne vom Himmel picken könnten und niemand genug zu essen haben würde, um den Winter zu überleben.

Ich werde den Winter über nicht mehr hier sein, dachte Maria. Aber ich werde den Teufel tun und das ausgerechnet der Kramerin auf die Nase binden. Denn die Zenz war bekannt und gefürchtet, alles Schöne als schlecht anzusehen und dramatisch enden zu lassen.

Dieser Herbst war der letzte gemeinsame Herbst der Familie Koller.

•

Maria verließ das Elternhaus ohne lange Ankündigung.

Alles, was sie an die Waldheimat erinnern konnte, das Kopftuch, die Schürze, das Kleid mit den vielen Flicken und schillernden Hahnenfedern, trug sie zu einem Haufen zusammen und zündete ihn an. Sie wollte nichts mehr zu tun haben mit den Hungerleidern, den

Neanderthalern und den Dummköpfen, die nicht einmal der deutschen Sprache mächtig waren. Maria wurde dem Vater immer ähnlicher, äußerlich und auch vom Wesen her.

Einer mit großen Händen hätte ihre Wespentaille leicht umfassen können. Sie war sich ihrer Schönheit und Wirkung auf Männer bewusst und genoss die begehrlichen Blicke, aber signalisierte jedem: bis hierher und nicht weiter!

Menschen, die ihren Ansprüchen nicht genügten, sagte sie es auch, herablassend und ohne Rücksicht auf deren Gefühle.

Maria hielt sich immer für etwas Besseres, wollte etwas Besseres und bekam etwas Besseres.

Sie umgarnte den Lehrer mit der Hartnäckigkeit einer Spinne.

•

Als der Lehrer Rudolf Habele in eine Großstadt versetzt wurde, hatte Maria ihn so weit, dass er sie mitnahm und heiratete.

Die spärlichen Briefe waren kurz und verrieten nichts aus ihrem Privatleben. Anni und Franz trösteten sich gegenseitig. Es geht ihr sicher gut. Maria hat Haare auf den Zähnen, einen Dickschädel, die beißt sich schon durch.

Franz war stolz auf seinen Augapfel, das hörte man deutlich heraus.

III

Hermann und Jakob begaben sich auf Wanderschaft, die schon im Rotttal endete, wo sie einen Bauern fanden, der sie beide als Knechte aufnahm.

Um Jakob, der immer längere Zeit benötigte, bis er begriff, und noch längere Zeit, bis er sich verständlich machen konnte – er spuckte die Buchstaben in die Luft wie Kirschkerne –, kümmerte sich Hermann rührend.

Er vollendete die begonnenen Sätze für seinen Bruder und verhinderte dadurch oft, dass Jakob als Stotterer verspottet wurde. Und wenn doch, bekam derjenige Hermanns Fäuste zu spüren.

Anni war froh, den immer Ja und Amen sagenden Jakob so gut beschützt zu wissen.

•

Am 2. Februar, dem Maria-Lichtmess-Tag, feilschte der größte Bauer der Umgebung, der

Grandner-Lois, mit der Schläue eines Viehhändlers mit Koller-Franz um Ludwig.

Breitbeinig saß der Bauer auf einem Stuhl, der bei jeder rudernden Bewegung der Arme unter seinem enormen Gewicht knarrte und auseinanderzubrechen drohte.

Ludwig kauerte auf dem Fußboden und beschäftigte sich mit seinen Schuhen. Er zog die Bänder aus den Ösen und fädelte sie wieder ein, zum hundertsten Mal, und er pfiff.

Immer, wenn er Angst hatte, pfiff er, aber nicht mit gespitzten Lippen. Er pfiff durch den schmalen Spalt seiner Schneidezähne. Es war kein klarer, kein fröhlicher Laut, eher ein säuselnder, sich selbst beruhigender Singsang.

Die polternde Stimme des Bauern holte ihn zurück ins eigentliche Geschehen.

„Des Grischperl hot na koa Fleisch auf de Rippn, man muass eahm erst Speck anfuadern, bevor man braucha kann. Geld gibt's vorerst net, aber gnuag z' essen!"

„Des kannst du hoitn, wiast mogst, Grandner!“

„Dann schlog ei!“

„Franz, du kannst doch den Buam net verschachern wia a Stückl Viech!“

„Staad bist, Anni, wias is, aso is! Oder möchst ’n du ebba studiern lossn, ha?“

Franz war froh, dass er alle vier Kinder untergebracht hatte. Ob gut oder nicht so gut, darauf konnte er in Zeiten wie diesen keine Rücksicht nehmen.

•

„Sitz auf, Bua, i friss di scha net, a wenn i a so ausschau, ois hätt i scha a paar so Buam gfressn, wiast du oaner bist.“

Der Bauer lachte dröhnend. Er warf Ludwig eine Decke über die Knie, ließ die Peitsche durch die Luft sausen und befahl seinen Rössern: „Wiah!“

Ludwig drehte sich um, immer wieder. Seine

Mutter stand in der Haustür und winkte. Er winkte zurück, bis der Wald sie aufnahm.

Hätte Ludwig einen Wunsch frei gehabt, er hätte sich gewünscht, weit weglaufen zu dürfen, aber er hätte nicht gewusst, wohin.

„Brr! Brr! Brr!“

Der Bauer sprang vom Schlitten und betrat den Laden der Kramer Zenz. Er kaufte eine Tüte Waffelbruch, die er Ludwig vor die Füße schleuderte.

„Do, iss, sonst gfreats es!“

Da war es wieder, das Lachen, von dem Ludwig eine Gänsehaut bekam. Aber er erinnerte sich an die Mahnung der Mutter: „Bedankt euch laut und deutlich, wenn euch jemand etwas Gutes tut!“

Laut und deutlich war es nicht, sein „Vergelts Gott, Bauer“, weil Ludwig nicht den geringsten Appetit verspürte.

•

Auf der zweistündigen Fahrt durch den Schnee schluckte und schniefte Ludwig häufig.

„Brauchst an Schneizhodern?“

Ludwig duckte sich, kroch noch tiefer in die Decke und verneinte, wischte sich aber doch verstohlen über Augen und Nase. Verschämt stopfte er immer wieder die ein oder andere Locke unter die Mütze. Die Hoffnung, das intensive Rot möge ein wenig verblassen, erfüllte sich nicht.

Aber gewiss wird sich die lästige Fragerei, ob er ein Mäderl oder ein Bub sei, bald erübrigen; schließlich hat Ludwig bereits fünf Bartstoppeln auf seinem Kinn gezählt.

Es war schon Abend und Fütterungszeit, als sie in den Hof einfuhren.

Aus den offenen Stalltüren strömte Wärme. Der matte Schein der milchigen Glasbirnen fiel auf die geschäftige Betriebsamkeit im Innenhof. Hier scheint keiner allein zu sein, dachte Ludwig. Ja, das diffuse Licht vermittelte ihm fast so etwas wie Geborgenheit.

Während des Winters war es keine Frage, wie man die Zeit totschlug. Jede Jahreszeit bürdete den Menschen ihre Arbeit auf, als wären sie Schubkarren, und sie keuchten und schwitzten unter Lasten, die sie zu tragen hatten. Sie spannten sich selbst als zweibeinige Rösser oder Ochsen vor das Fuhrwerk. So mussten sie ziehen, wenn ein Hindernis zu überwinden war, oder die Fersen als Bremsen einsetzen, wenn ein Gefährt zu schnell wurde.

Der Grandner-Bauer ließ Ludwig mitten im Hof stehen wie einen Sack Getreide und wies den Großknecht an, sich um die zwei „Eingestandenen" zu kümmern.

Ein junges Mädchen, vermummt wie eine russische Großmutter, einen dicken schwarzen Wollschal um den Kopf gewickelt, aus dem nur die rot gefrorene Nase hervorspitzte, lehnte an der Hauswand und rührte sich nicht.

„Wia hoißt 'n du?", plärrte der baumlange Knecht über den Hof.

„Ludwig."

„Oiso Wiggei. Wia oit?"

„Sechzehn!"

Im gleichen Tonfall wandte er sich an die vermummte Gestalt neben der Haustür:

„Bist ebba du a Schiache, weilst di goar aso zuamochst?"

Sie streifte den Schal in den Nacken, und wie auf Knopfdruck schnatterte sie drauflos:

„I bin d' Magdalena Hauser, Leni hoaßn s' mi, und i bin so oit wia der do!"

Dabei deutete sie mit ausgestrecktem Daumen, den sie eine ganze Weile stehen ließ, auf Ludwig.

„Oha, du bist owa a Goschade! Wennst bei da Oarbat aa so tüchtig bist, wird's scha recht!"

Die Cilli – niemand konnte ihr genaues Alter schätzen – trippelte mit kurzen, schnellen Schritten wie ein aufgescheuchtes Huhn hin und her, als müsste sie die Neuen von ihrer Wichtigkeit überzeugen.

Und sie war noch wichtig. Niemand hatte eine so glückliche Hand bei der Aufzucht der Hühner und Gänse wie sie.

Ein gewaltiger Buckel drückte sie Jahr für Jahr um Zentimeter dem Erboden entgegen, weshalb die Cilli nur von unten herauf mit den Leuten reden konnte.

Wie zufällig rempelte sie die Leni von der Seite an und zog sie dicht an ihren Mund.

„Mirk auf, Dirndl, wos der zaundürre Kund dir sogt, sonst kriagst Hundsdog!“

Dann ließ sie sie schnell wieder los und hastete weiter.

Die Cilli wusste nur zu gut, wovon sie sprach, denn von Kindesbeinen an war sie der Willkür ihrer

Mitmenschen ausgesetzt gewesen. Die Bibel war ihr tröstender Begleiter und ihre Kraftquelle das Zitat: „Wer ausharrt bis ans Ende, der wird selig." Das Ausharren hatte sich gelohnt für die Cilli, ihr wurde das Bleiben auf dem Hof zugesichert.

Aus einem der Fenster vernahmen sie die angenehme Stimme der Bäuerin: „Geht's eina, ihr zwoa, jetzt gibt's erst an hoaßn Tee zum Aufwärma und moargn früah sehgn ma weiter!"

•

Es verging eine geraume Zeit, bis Ludwig seine Schüchternheit abgelegt hatte. Trotzdem war er sehr darauf bedacht, den harten Anforderungen schweigend gerecht zu werden.

Die derben Streiche und zweideutigen Witze der älteren Knechte berührten ihn noch unangenehm, aber er wollte den Spitznamen „Grünschnabel" loswerden, darum machte und lachte er mit.

Leni war unkompliziert und immer geradeheraus. Was sie sagte, meinte sie auch so, und was sie tat, tat sie gründlich; wenn sie zupackte, entkam ihr nichts mehr. Deshalb nannte man sie „die Langsame“.

In Wirklichkeit war dieses Langsame eine Art Unerschütterlichkeit, auf die man sich verlassen konnte.

Aber Leni war keine, nach der sich die Männer umdrehten.

Es war ihre Fröhlichkeit, die alle ansteckte. Unbekümmert sang sie bei jeder Arbeit, lautstark, unmelodisch, aber wahrhaft herzergreifend: „Mariecheen saß träumeend im Garteen…“

„Jetzt hoit amoi dei Mei, Leni!“

„Is scha recht, Bauer“, versprach sie stets, hielt sich aber nie lange daran.

IV

Ludwig saugte jedes Wort und jeden Ton, der von Leni kam, auf wie ein Schwamm. Er sah es mit Genugtuung, wenn sie aufdringliche Knechte mit einer saftigen Watschn zur Räson brachte.

Wenn Leni den knöchellangen Rock bis zu den Knien hochraffte, ihn dazwischen klemmte, mit einem Juchzer vom Fuder Heu herunterrutschte und Ludwig für Sekunden die strammen nackten Waden sah, bekam er heftiges Herzklopfen. Ein nie gekanntes wohliges Gefühl ergriff ihn. Er hätte dreingeschlagen mit einem zehnpfündigen Hammer, wenn einer es gewagt hätte, sie aufzufangen.

Das Verlangen nach einer Umarmung wuchs ins Unermessliche, aber Ludwig musste sich äußerste Zurückhaltung auferlegen und sich mit verstohlen sehnsüchtigen Blicken unter der Hutkrempe hervor zufrieden geben, denn der Grandner-Bauer duldete keine Liebschaften auf seinem Hof.

Die Narretei hielt seiner Meinung nach nur von der Arbeit ab.

Für ihn selbst galt diese Regel allerdings nicht. Er benutzte die Mägde wie Handtücher. Ob sie dazu bereit waren oder sich wehrten, war ihm egal. Hatte der Übergriff Folgen, jagte er die Schwangere mitleidlos vom Hof.

Die Bäuerin wusste von den Fehltritten ihres Mannes und schwieg – bis zu dem Tag, an dem ihr auffiel, dass er immer mehr Lenis Nähe suchte.

„Loss d' Leni in Ruah, Lois, Schandfleck, elendiger!"

„I bin net angwiesn auf den Trampel!"

Es war keine Eifersucht, die sie so reagieren ließ, es war die Verantwortung, die sie für Leni übernommen hatte.

•

Ohnehin war die Ehe von Rosl und Lois eine

Vernunftehe, eine Geld-zu-Geld-Heirat gewesen.

Als ihnen Kinder versagt geblieben waren, hatte Rosl die rigoros geforderten ehelichen Pflichten willenlos geschehen lassen und als ihr schwerstes Kreuz getragen.

Das hohe Maß der Kränkungen grub tiefe Furchen in ihr fahles Gcsicht, sie zogen ihren Mund zusammen wie eine Rosette, sie machten sie älter, als sie an Jahren zählte.

Bei den Leuten, die seine unbarmherzige Seite nicht zu spüren bekamen, genoss der Grandner-Bauer großes Ansehen.

Sonntag für Sonntag stolzierte das stattliche Mannsbild mit langem Hals und vorgeschobener Brust durch den Mittelgang der Kirche. Seine Backen glänzten wie mit Speckschwarten polierte Granatäpfel.

Der Gottesdienst begann erst, wenn er auf seiner mit Namensschild gekennzeichneten Bank Platz genommen hatte.

Mit einem größeren Geldbetrag in den Klingelbeutel erschlich sich der Grandner-Lois das Respekt zollende Kopfnicken des Pfarrers.

Rosl schlug aus Scham die Augen nieder. Ihr war der zur Schau gestellte gute Mensch bis in die tiefste Seele hinein zuwider.

Sie betete, da er alle Ermahnungen ihrerseits mit einer wegwerfenden Handbewegung abtat, um einen schmerzhaften Dämpfer unter seine Gürtellinie, der Mägde und auch ihretwegen.

•

In Lenis Geburtsurkunde stand es schwarz auf weiß: Vater unbekannt. Ein gefundenes Fressen für die Moralwächter, die blutjunge Mutter mit Verachtung zu strafen und sie aus allen Aktivitäten der christlichen Dorfgemeinschaft auszugrenzen.

Es waren nicht wenige Männer – ledige, verheiratete, alte, junge –, die sich das Recht herausnahmen, auf Paula, Lenis Mutter, eine Treibjagd zu veranstalten und sie zu behandeln wie Freiwild.

Als für Paula jeder Schritt in die Öffentlichkeit einem Spießrutenlauf gleichkam, überließ sie das Kind ihren Eltern und verschwand wie ein Wassertropfen im Meer.

Der Name einer bekannten Bibelfigur für das unwürdige Balg sorgte erneut für Empörung.

Dem Hauser schwollen die Zornesadern am Hals und an den Schläfen ums Dreifache. Er schlug mit der Faust auf den Tisch, dass die Bierkrüge in die Höhe hüpften, als er schrie:

„Magdalena wird's tauft und net anders, Saubande, scheinheilige, und wenn i z' Fuaß bis nach Rom geh muass!"

Seine Stimme überschlug sich.

„Wer is denn schuid am Unglück meiner Paula? Du, du – oder gar du, Wirt?"

Nach einem dumpfen Schlag auf den Hinterkopf wurde ihm schwarz vor Augen und er kippte um.

Auf einem Misthaufen kam er allmählich wieder zu sich.

Die Erniedrigung machte aus dem leutseligen Hauser einen misstrauischen, verbitterten Mann.

Paula schrieb unzählige Briefe an ihre Mutter. Sie schrieb sich den Kummer und die Wahrheit von der Seele.

„Ich habe dem ersten Mann in meinem Leben blindlings vertraut und seinen Versprechungen geglaubt. Er hat mir gedroht, dass er mir den Hals umdreht, mich zertritt wie eine Laus, wenn ich es wage, seinen guten Ruf zu ruinieren. Aus Angst, liebe Mutter, dass er dem Kind oder mir etwas antun könnte, bin ich gegangen. Irgendwann werde ich den Mut aufbringen, seinen Namen preiszugeben, und Lenerl zu mir holen."

•

Es kam nicht mehr dazu. Paula erkrankte schwer. Sie starb im Alter von achtundzwanzig Jahren. Der Hauser kratzte alles Geld zusammen und holte seine tote Tochter nach Hause.

„Wia hot's denn ausgschaut, Großmuadder?"

„Wer?"

„Mei Muadder!"

„Schee, Lenerl, schee und wia deim Großvoddern ausm Gsicht gschnittn."

Sie nahm die Schürze auf und drückte sie an die Augen.

„Und a brave wars, a ganz a brave, nix anders derfst glaubm, Lenerl, nix anders!"

Der Hauser wandte sich gekränkt ab und ließ die Hand in der Hosentasche. Er wollte das geheuchelte Mitgefühl und die Beileidsbezeugungen seiner Nachbarn nicht entgegennehmen.

Es wird immer wieder Menschen geben, die dich zertreten.

Und es wird immer wieder Menschen geben, die dich aufrichten.

Leni besaß die Gabe, aufzurichten.

Aus ihren graublauen Augen blitzte pure Lebensfreude.

Zuweilen hatte es den Anschein, sie stünde nicht auf zwei, sondern auf vier Beinen.

Mit der Bitte, auf Leni aufzupassen, sie nicht zu schinden, sie nicht wegzuschicken, wenn er einmal nicht mehr sei, vertraute der gebrechliche Hauser der Grandner-Bäuerin seine Enkelin an.

Die Bäuerin versprach dies mit einem kräftigen Händedruck.

•

Lenis Weiblichkeit hatte Form angenommen. Alles an ihr wirkte rund und gemütlich. In Brusthöhe weiteten sich die Rundungen noch einige Zentimeter. Die vollen, großzügig geschwungenen Lippen gaben kräftige, gesunde Zähne frei.

Das brünette Haar, in der Mitte akkurat gescheitelt, zwei Zopfreihen aufeinandergesteckt, setzte der barocken Figur noch die Krone auf.

Es war ein Leichtes für Ludwig, sich Leni als Mutter mehrerer Kinder – seiner Kinder – vorzustellen.

Beim Erntetanz rissen sich die Burschen nicht sonderlich um sie, obwohl Leni zierliche Füße hatte und tanzen konnte wie keine andere.

Leni nahm es gelassen und wartete geduldig, bis der Musikant „Damenwahl" ausrief, dann kam auch sie auf ihre Kosten.

„Mogst du tanzn mit mir, Wigg?"

„I kanns net, Leni!"

„I lern dir's!"

Sie hob die Arme, zog sie auseinander, als wollte sie einen Meter Stoff abmessen, legte ihre dralle Hand in seine und dirigierte ihn mit „oans – zwoa – drei – oans – zwoa – drei" durch die Stube.

Sie verstärkte den Druck ihrer Arme – und Ludwig erwiderte ihn. Sie sah zu ihm auf wie ein hypnotisiertes Kaninchen.

„A scheens Hoar host, Wigg!“

Ludwig schoss das Blut ins Gesicht. Niemand sonst sprach seinen Namen so weich aus wie Leni.

Niemand sonst, außer der Mutter, hatte je sein Haar als schön bezeichnet.

Hätte man Ludwig in diesen Minuten Spülwasser als Wein verkauft, er hätte es für Wein gehalten und getrunken.

•

Für Ludwig und Leni war dieser Abend der Beginn der schönsten Zeit ihres bisherigen Lebens.

Die wenige Freizeit, die sie hatten, verbrachten sie miteinander und noch immer in aller Heimlichkeit.

Sie lagen im Gras, durch die Kleidung hindurch spürten sie die Wärme der sonnengetränkten Erde.

Sie neckten sich wie Kinder. Leni wühlte in seinem Haar und zupfte daran, bis er gespielt übertrieben „Au!“ schrie.

Ludwig kitzelte sie mit einem Schmielenhalm überall dort, wo Haut sichtbar war.

Er holte einen Apfel aus der Hosentasche, rieb ihn an seiner Joppe sauber.

„Mogst?“

Leni biss hinein, dass der Saft nach allen Seiten davonspritzte. Ludwig hielt ihr die Wange hin, blähte sie auf und klopfte mit dem Zeigefinger darauf. Leni küsste ihn genau auf die vorgegebene Stelle, herzhaft und schmatzend, wie sie als Kind den Großvater geküsst hatte.

In das satte Braun von Ludwigs Augen flog ein Glanz, der nur vergleichbar war mit dem Glanz reifer Kastanien, die gerade aus der Schale gefallen sind.

Ihre Finger griffen ineinander und sie lachten ihr Glück zu den Sternen hinauf.

•

Einige Wochen später kam der erste Schnee. Die Kinder stürmten aus den Häusern, begierig Schneemänner und Burgen zu bauen.

Auch dieser Winter ging, aber nicht von heute auf morgen. Erst Ende April begann der riesige Überzug aus Pappschnee das Dach herabzurutschen. Noch eine Weile, dann würde der Schnee, der über das Dach hinaushing, abbrechen und auf dem Boden in tausend Stücke zerschellen. Im Keller trieben die Kartoffeln aus, trotz der Dunkelheit und der Dicke der Mauern, rosaviolette Keime.

Die Kraft der Keime ist so groß, dass sie Gewebe durchbohren können.

„Schaut's zua, dass in d' Erd kemman!"

Leni ging Schritt für Schritt die Furche entlang und ließ alle zwanzig Zentimeter eine Kartoffel zwischen ihre Füße fallen. Manchmal rollte eine davon, dann war sie gezwungen, sich zu bücken und ihr den Platz zu zeigen, wo sie hingehörte. Lenis kindliche Logik sorgte immer wieder für allgemeine Heiterkeit.

•

Spät im Monat Mai kann man das Gras mit eigenen Augen wachsen sehen. Den einen Tag ist es noch kurz wie ein Teppichflor, am nächsten kitzelt es schon deine Knöchel.

Die Kühe im Stall rochen das frische Gras. Sie wurden unruhig. Sie muhten nach Leni, noch ehe die Melkzeit gekommen war. Sie wollten auf die Weide. Sie brauchten keinen Kalender, um zu wissen, dass Frühling war.

„Morgen lassen wir sie raus, morgen, wenn die Wiese trocken ist."

Am folgenden Vormittag hakte Leni die Kette jeder Kuh los und öffnete die Stalltür. Sie drehten sich dem Licht zu, sie spürten, dass sie frei waren, und drückten sich, immer zwei zugleich, durch die Tür ins Freie.

Einige stellten die Schwänze auf und warfen die Hinterbeine in die Luft.

Leni hatte alle Hände voll zu tun, sie zu bändigen und auf dem ausgetretenen Pfad zur Weide zusammenzuhalten.

Erst als sie Futter unter ihren Beinen spürten, kamen sie zur Ruhe.

Ludwig schlug Pfähle in den Boden und spannte einen Drahtzaun um die Weidefläche. Als er damit fertig war und grübelnd zum Hof zurückging, drehte er sich noch einmal um.

Er beneidete die Kühe um ihr Glück, nichts zu wissen von den schrecklichen Geschehnissen, die der Krieg den Menschen diktierte. Sie kennen nicht das Gefühl der Verzweiflung, der Trauer, der Angst, an die Front zu müssen, getötet zu werden oder selbst töten zu müssen.

Er beneidete das Vieh um den Vorteil, nicht wie wir Menschen denken zu können.

•

Ein ungewöhnlich heißer, trockener Monat war der August 1943.

Die Bauern sahen fast stündlich zum Himmel, sie suchten ihn ab nach Zeichen für eine Wetteränderung.

Sie mussten zusehen, wie die Wiesen allmählich versteppten und die gefürchtete Wassernot schon Wirkung zeigte.

Unter der brütenden Hitze knackten die Blechdächer wie dürres Geäst.

Von den Stubendecken hingen die Fliegenfänger wie klebrige Zungen, schwarz von toten Fliegen. Aber die Vielzahl der Plagegeister wurde dadurch keineswegs vermindert. Die Rinder drängten in den Schatten und rührten sich nicht mehr, nur ihre Schwänze und Mäuler waren in ständiger Bewegung.

Doch was getan werden musste, wurde getan. Das Getreide war überreif, und die Ernte duldete keinen Aufschub.

V

„Wigg! Wigg!“

Die Bäuerin stolperte über den Acker auf Ludwig zu.

„Wos is passiert, Grandnerin?“

„Dein Voddern hot a Baam daschlogn!“

Ludwig legte die Sichel zur Seite, nahm den Hut ab, zog das Hemd aus der Hose und wischte sich langsam den Schweiß von Gesicht und Nacken, griff nach dem Wasserkrug und trank Schluck für Schluck, bis er leer war, als wäre auf dem Boden des Kruges abzulesen, wie er sich angesichts der Todesnachricht verhalten sollte.

„Dei Vodder is gstoarbn, Wigg!“

„I hob di scha verstandn, Grandnerin!“

Aber nichts als die Sorge um die Mutter beherrschte seine Gedanken.

„Geh zu ihr, Wigg, sie braucht di ganz gwiss, noch da Leich kimmst wieder!“

Ludwig stieg auf sein Rad und trat in die Pedale.

Es dämmerte bereits, als er das Elternhaus betrat.

Im schummrigen Kerzenlicht glänzte der Lehmboden, der den Stall und die Scheune vom Wohnbereich trennte, speckig und feucht.

Es roch nach allem, was beim Hinaus- oder Hereintragen verschüttet worden war.

Die Alten wussten, es wird ein Gewitter kommen, sobald der Lehm und die Wasserrohre zu schwitzen beginnen.

Verhaltenes Gemurmel der Rosenkranzbeter drang an sein Ohr.

Einer, der dabei war, fing an, den Hergang des Unglücks zu beschreiben.

Schon der erste Baum, den der Franz entrinden

sollte, sei schlecht gefallen. Es sei verdammt steil dort, wo er gearbeitet habe. Überall Felsen, Spalten und Rinnen. Sie sind rutschig wie Fische, die entrindeten Stämme.

Plötzlich habe sich einer vom Stapel gelöst und sei bergab gerollt, andere seien gefolgt. Nichts hält rollende Stämme auf. Franz habe gezögert wegzuspringen. Wenn du zögerst, bist du verloren.

Franz sei mitgerissen, eingequetscht und erdrückt worden.

Anni schien weit weg zu sein in ihren Gedanken, als könnte sie der erneute Schicksalsschlag nicht mehr erschüttern.

Der Verlust von Hermann und Jakob, die schon nach ein paar Wochen an der Front von einer Handgranate zerfetzt worden waren, hatte sie schwer getroffen. Dass sie in fremder Erde verscharrt wurden, würde sie nie verwinden.

Ludwig wusste, wie es in ihr aussah, er kannte ihre Meinung über den haushohen Unterschied zwischen der Liebe zu einem Mann und der Liebe zum eigenen Kind.

Wird dir der Mann genommen, kannst du ihn, wenn du möchtest, durch einen anderen ersetzen. Für ein verlorenes Kind dagegen gibt es keinen Ersatz.

•

Nach mehrmaligem Bitten und Betteln Ludwigs hatte ihn die Mutter vor einigen Jahren in die Hütte der Holzfäller und an den Arbeitsplatz seines Vaters mitgenommen.

Ludwig wich zurück. Die Männer sahen zum Fürchten aus. Ihre mit Harz beklebte Kleidung war über und über mit Sägemehl bedeckt und bildete eine Schicht, die so dicht war, dass sie wie angewachsenes Fell wirkte.

Staunend schaute Ludwig dem Vater zu, wie er kraftstrotzend die Säge durch die Stämme zog und mit unglaublicher Geschwindigkeit die Äste von den gefällten Bäumen entfernte.

„Wos schaust ’n so dumm, Bua, host traamt!“

Erschrocken zuckte Ludwig zusammen.

Er war gemeint.

Ludwig drückte sich noch enger an die Mutter. Anni ergriff wütend seine Hand und zerrte ihn fort.

„Geh, Wiggerl, geh, do hama mir nix mehr valoarn!“

Sie warf ihrem Mann einen vernichtenden Blick zu und verstreute die Heidelbeeren, die sie für ihn gepflückt hatten, auf das Tannenreisig. Das gewohnte „Pfüadi Gott, Franz“ schluckte sie hinunter.

Stumm lief Ludwig neben seiner Mutter her, sah ab und an scheu zu ihr auf.

Ihn plagten Schuldgefühle. Wieder einmal war er der Grund für Streitigkeiten seiner Eltern gewesen.

•

Nun lag sein Vater da, aufgebahrt in der kühlsten Kammer des Hauses.

Das Fenster war geschlossen und verdunkelt, um die Hitze und die Fliegen von dem Verstorbenen fernzuhalten.

Ludwig beäugte ihn eindringlich.

Es sah gut aus, das friedliche, entspannte Gesicht seines Vaters.

Jetzt erst fielen sie ihm auf, die rauen, rissigen, ungeheuer großen Hände, die Daumen, breit wie ein Kinderlöffel, die von den vielen kalten Wintern aufgeplatzten Fingerkuppen. Jetzt hätte er sie berühren können, ohne die Schmach fürchten zu müssen, abgewiesen zu werden.

Stattdessen hörte er sich laut fragen:

„Warum nur, Vodder, warum? War i dir goar so zwider?“

„Loss guat sei, Wigg, er hört di nimmer!“

Sie sind taub und stumm, die Toten. Auch wenn wir sie alle miteinander rufen und fragen würden, sie würden uns nicht hören und nicht antworten.

Betroffenes Schweigen trat ein.

Maria saß am Küchentisch, den Kopf in den Armen vergraben. An den bebenden Schultern sah man, dass sie weinte.

Das Aufschluchzen schüttelte sie wie quälender Schluckauf.

Die Mutter reichte ihr eine Tasse Ziegenmilch.

„Trink, Marei!"

Maria schob sie weit von sich, ohne aufzuschauen.

„Trink, Marei, du muasst ebs essn!"

Schon als Kind hatte sie eine große Abneigung gegen den eigenartigen Geschmack dieser Milch. Damals war es der Vater, der sie ermutigte:

„Bei jedem Mei voi, des du trinkst, wirst scheener!"

Diese Aussicht war ihr die Überwindung wert.

Damals.

Mühsam erhob sie sich. Ihre Augen suchten Ludwig.

Die Geschwister sahen sich lange an.

Marias verzweifelt um Hilfe suchender Blick erschreckte ihn. So hatte er sie noch nie gesehen.

Sie stand da und schaute von einem zum anderen, als wollte sie prüfen, ob sie das, was ihr widerfahren war, auch jedem hier ohne Angst, verraten zu werden, anvertrauen konnte.

Ihr Mann war nachts aus dem Bett geholt, abgeführt wie ein Mörder und standrechtlich erschossen worden.

Warum?

Rudolf hatte sich geweigert, das Kreuz in der Schule, in der er unterrichtete, von der Wand zu nehmen.

Und er hatte sich geweigert, die Hand zum Hitlergruß zu heben.

Wegen so einer Lappalie wird man umgebracht?

Für noch viel weniger. Noch viel weniger.

Sie seufzte und sackte in sich zusammen wie eine Marionette, deren Fäden plötzlich gelockert werden. Die Hass- und Rachegefühle, die in ihr tobten, behielt sie doch besser für sich.

•

Die Totenfrau nahm das Beten wieder auf und erinnerte alle daran, aus welch traurigem Anlass sie beisammen saßen.

Sie betete für den Toten, die Gefallenen, die Vermissten und für den Frieden.

•

Ludwig glaubte zu ersticken. Er flüchtete nach draußen, setzte sich auf den Holzstoß unterm Dachvorschuss.

Die Hitze des Tages hatte nachgelassen und verwandelte sich in bleierne Schwüle.

Die Alten hatten wieder einmal Recht: Die Natur kündigt an, wenn das Blatt sich wendet.

Ein Gewitter zog auf.

Am Horizont wucherten beängstigend schnell dunkle Wolken in den Nachthimmel. Stürmischer Wind peitschte die ersten schweren Regentropfen heran. Sie schlugen auf das Dach und schwollen an zu einem entfesselten Trommelwirbel.

Minuten später war ein Zeitabstand zwischen Blitz und Donner kaum mehr auszumachen. Ein Gewitter entlud sich, das auch den Abgebrühtesten das Fürchten lehrte.

„Kimm ins Haus, Wigg!“

„I kimm glei, Marei!“

Aber er machte keine Anstalten, der Aufforderung nachzukommen.

Er zog das Hemd aus und genoss den Regen auf seiner Haut.

Leni hatte ihm einmal gestanden, dass sie Gewitter fürchtete. Zur Begründung hatte sie wiederholt, was sie vom Großvater oft gehört hatte: „Es gibt verschiedene Arten von Blitzen, den Kugelblitz, den Feuerblitz, den Zickzackblitz, aber alle haben eines gemeinsam: Trifft dich einer davon, bist du mausetot."

Ludwig lächelte. Es tat gut zu wissen, dass es sie gab. Mehr noch, er spürte sie neben sich. So greifbar nah erschien sie ihm, dass er sich tröstend an sie lehnen konnte.

•

Am anderen Tag war alles wie frisch gewaschen und frei von Staub. Die Tannen, die Fichten, das Moos sahen aus wie gerade erst erschaffen.

Die Menschen atmeten durch, doch aufatmen konnte keiner, hing ja der Krieg wie das Fallbeil des Henkers über ihren Köpfen.

Ludwig erwies seinem Vater pflichtschuldig die letzte Ehre.

Obwohl sein Tod ihn nicht im Geringsten berührte – zu schmerzhaft waren die Kränkungen, die er zeitlebens von ihm hatte hinnehmen müssen –, war er insgeheim doch erleichtert, dass es viele gab, die den hilfsbereiten und grundehrlichen Menschen Franz Koller beweinten.

•

Maria, durch die traurigen Ereignisse völlig aus der Bahn geworfen, war im höchsten Maße verwirrt und orientierungslos wie ein Kind, das aus tiefstem Schlaf gerissen wird.

Ein Glück, dass ihr die Mutter blieb. Sie wäre nicht im Stande gewesen, sich allein zurechtzufinden.

•

Allmählich füllte die Ernte und ihre Gerüche Keller und Scheunen.

Kartoffeln, die gerade aus der Erde geholt und

von der Sonne getrocknet werden, strömen einen eigentümlich würzigen Duft aus.

Am Feldrand standen die prall gefüllten Säcke. Sie hockten da wie vollgefressene Männerbäuche mit Schrumpfköpfen.

„Suach dir oan aus, Cilli, der laaft dir gwiss net davon, und fuadern brauchst 'n aa net!", brüllte Michl, der betagte Rossknecht, über den Acker.

„Depp, damischer, du wirst aa nimmer gscheiter, Michl!"

„I moan dir's nur guat, Cilli!"

Am Abend leerten sie die Säcke über eine Holzrutsche in das Kellergewölbe. Dieses Jahr betrachtete der Bauer den Haufen kritisch. Sie waren fleckig, klein und bei weitem weniger als im Vorjahr.

•

Von früh bis in die Dunkelheit hinein hörte man weit über das Dorf hinaus das Pochen und Hämmern der Dreschmaschine.

Frauen, heranwachsende Kinder, alte und kriegsuntaugliche Männer übernahmen die Arbeit der Einberufenen – fast ausnahmslos, um etwas Essbares zu ergattern.

Die Hosenbeine bis zu den Knien hochgerollt und bis zu den Hüften entblößt scharten sich die Knechte um einen Waschtrog. Ihre Augen waren gerötet und schmerzten vom Getreidestaub.

Die wettergegerbten Gesichter schienen älter zu sein als die Haut auf ihren Rücken und Bäuchen. Sie leuchtete weiß wie die Haut gerupfter Gänse.

Mit der Wurzelbürste, die immer griffbereit lag, um Fässer und Milchkannen damit zu säubern, schrubbten sie ihre Füße und Hände. Lachend warfen sie sich die Seife zu.

Nur Ludwig wirkte niedergeschlagen. Schon seit Tagen machte er einen großen Bogen um Leni. Sie sprach ihn darauf an. Er wich ihr aus.

Wortlos stülpte er den Hut auf sein triefend

nasses Haar, schlüpfte barfuß in die Holzschuhe und schlich sich durch die hintere Hoftüre davon.

Er ging durch den Obstgarten, den Radfurchen der Fuhrwerke nach, über den Krautacker, die Hauswiese hinab auf den Wald zu, wo die Laubbäume dieses Jahr schon im September wegen des regenarmen Sommers anfingen, sich zu verfärben und ihre Blätter abzuwerfen.

Ludwig blieb stehen, er lehnte sich gegen einen Stein und hörte dem murmelnden Wasser des Grundlbachs zu.

Es war windstill, keine Wolke jagte der anderen nach.

Eine Forelle schnellte an die Oberfläche.

Sonst rührte sich nichts.

Die untergehende Sonne sickerte durch das Ufergebüsch und spiegelte sich zum letzten Mal für diesen Tag im Wasser.

Er will all das in Erinnerung behalten, alles mitnehmen.

•

Als Ludwig nicht zur Abendsuppe erschien, waren alle beunruhigt. Leni machte sich auf, ihn zu suchen.

„Do bist, Wiggerl, i hob mir Soargn um di gmocht! Wos host, Wiggerl, sog!"

Er trat nah an sie heran, zog sie an sich.

Den Einberufungsbescheid hatte er schon tagelang mit sich herumgetragen. Was darauf zu lesen war, kam nur stockend über seine Lippen.

„I – muass – eirucka, Leni!"

Leni begann zu vibrieren, ihre Augen weiteten sich und standen im Nu voller Tränen.

„Net du, Wiggerl!", schrie sie wie von Sinnen. „Net du! Net du!"

Weinend sank sie auf den Waldboden.

Ludwig setzte sich neben sie, legte den Arm um ihre Schultern und wiegte sie wie ein Kind.

„Schhh… Woan net, Leni, woan net!"
Seine Stimme klang rau und brüchig.

„Da Kriag mocht koa Ausnahm, net für di, net für mi, net für d' Muadder!"

„Warum der Kriag, Wiggerl, warum?"

Ludwig wusste keine Begründung. Wie hätte er auch diesen Krieg rechtfertigen sollen?

„Wann muasst du furt?"

„Übermoargn!"

„Scha übermoargn?"

Leni schnappte nach Luft und weinte noch heftiger.

Ludwig drückte sie an sich, so fest er konnte.

Es dauerte eine ganze Ewigkeit, bis ihr Weinen

verebbte. Und noch eine Ewigkeit, bis er sie be ruhigen konnte.

Leni sah ihn an, lange und durchdringend, dann blickte sie unter sich und sagte leise: „Möchtst na zu mir kemma, Wiggerl?“

„Leni…“

Ludwig stotterte. Plötzlich schämte er sich ihrer Situation. Sie wollte ihn trösten, das spürte er, ihm ihre Liebe beweisen, bevor er sich in Todesgefahr begeben musste und sie sich womöglich niemals wiedersahen.

•

Erst Stunden später öffnete sie ihm ihr Kamerfenster.

Das Licht des Mondes fiel in den schwarz gefleckten Spiegel über der Kommode und erhellte den Raum gerade so, dass Ludwig Leni noch schemenhaft wahrnehmen konnte.

Aber er hörte, wie sie anfing, sich zu waschen.

Das Gesicht, den Hals, die Brust, den Bauch und zwischen den Beinen.

Durch Leni kam er darauf, dass Frauen sich anders waschen, als Männer: Sie sind zärtlicher, genauer, Männer dagegen ruppiger, liebloser, sie bearbeiten ihren Körper regelrecht wie einen Gegenstand.

Es war nicht Angst, die sein Herz stärker schlagen ließ. Es klopfte vor Aufregung über das Neue, das er erfahren würde.

Leni streifte ihr mit Blümchen bedrucktes Nachthemd über, knöpfte es schamhaft zu bis zum Bubikragen und nestelte zögerlich Nadel für Nadel aus ihrem Haar.

Morgen wird ihr Körper nicht mehr so sein, wie er war. An ihr wird nichts mehr so sein, wie es zwanzig Jahre lang war.

Sie riecht gut, dachte Ludwig, wie im frischen Frühlingswind getrocknete Wäsche, als er sich etwas unbeholfen über sie beugte und sie küsste.

Sie kamen auf die wahre, die aufrichtige Liebe,

der es egal ist, ob das Gesicht rund, oval, sommersprossig, der Körper dürr oder die Taille unauffindbar ist. Liebe, deren Spur sie bis ins Alter hinein folgen würden.

„I muass geh, Leni, d' Muadder woart auf mi!"

Leni krallte sich in seine Joppe, presste das Kopfkissen auf ihren Mund, verbiss den Abschiedsschmerz darin wie ein Mensch, dem man ohne Betäubung die Gliedmaßen amputiert.

•

Der Himmel wurde schon hell von der Morgendämmerung, als Ludwig aus dem Fenster stieg.

Der Hahn krähte einen sonnigen Tag herbei. Doch wofür?

Die vertraute Umgebung verschwamm vor seinen Augen.

Auf den Wiesen blühte nichts mehr.

Ludwig suchte den Feldrain ab. Hier fand er sie noch: Blumen, die ihre Leuchtkraft und Schönheit noch nicht verloren hatten.

Die purpurfarbene Steinnelke, die zierliche Glockenblume, die wilde Kamille wie hingetupfte Sahnehäubchen. Doch schienen sie sich alle verirrt zu haben in die bescheidene Welt der widerspenstigen Silberdistel.

Ludwig pflückte sie schnell und wahllos zu einem Strauß zusammen – den ersten Blumenstrauß seines Lebens.

Dabei trugen ihn die Gedanken zurück in seine Kindheit. Sein Vater befahl ihm einen Stock zu suchen und wich währenddessen nicht von seiner Seite. Er bestimmte die Dicke des Stockes, denn die Strafe musste wehtun.

Ludwig hatte die Todsünde begangen, mit einer Kartoffel Fußball zu spielen.

Er musste seinen Hintern freimachen.

Wieder war es seine Mutter, die sich vor ihn stellte.

„Geh ins Haus, Franz, i kriag des scha!“

Sie drückte ihn zur Seite, dass er strauchelte, nahm den Stock und tat so, als würde sie kräftig zuschlagen, aber nicht ein einziger Hieb berührte ihn, darauf hatte sie geachtet.

„Schrei, Wiggerl, schrei, so laut wiarst kannst!"

Und er schrie, so laut er konnte.

In Zukunft würde er lernen müssen, sich selbst zu verteidigen und jedem, der ihm krumm kam, die Stirn zu bieten.

Ludwig band den Strauß zusammen, schlich in den Kuhstall und legte ihn für Leni auf den Mauervorsprung, den Nistplatz der Schwalben.

Er hatte sie zurückgelassen im Nichts. Sie streckte die Arme nach ihm aus, aber er war nicht mehr da. Sie ging in den Stall und legte den Kopf an den Bauch der Kuh, wie sie es immer tat, wenn sie Trost suchte.

•

Jeden Sonntag stand Leni am Grab der Großeltern und bat bei der Gottesmutter um ein Wiedersehen mit Ludwig.

Zwei so kreuzbrave Leute mussten erhört werden, daran glaubte sie felsenfest.

Die Grandnerin nahm sich ihrer noch stärker an als bisher. Sie brachte ihr das Kochen und Nähen bei. Letzteres tat Leni mit großer Begeisterung, denn die Ergebnisse konnten sich sehen lassen.

•

Die Frauen rückten in den Stuben zusammen zum Stricken, Spinnen oder Federnschleißen.

Leni strickte an einem Pullover für Ludwig aus

brauner und weißer Schafwolle im Norwegermuster.

Der Hirsch und die Sterne, die sie ab Ärmelausschnitt hineinstrickte, verlangten ihre ganze Aufmerksamkeit und lenkten sie ab von trüben Gedanken.

•

Die Not schrie zum Himmel. Bis in den letzten Winkel des Bayerischen Waldes strömten Flüchtlinge, Vertriebene, Ausgebombte. Einige führten ihr Hab und Gut auf Leiterwägen mit sich, andere in Rucksäcken. Viele hatten nicht mehr als das, was sie auf dem Leibe trugen.

Nicht bei allen wurden sie gern gesehen und widerspruchslos aufgenommen.

Das Elend der einen traf auf die Not der anderen. Es dauerte, bis man bereit war, ihnen zuzuhören.

Kinder erfroren oder verhungerten in den Armen ihrer Mütter, Mütter starben vor Erschöpfung neben ihren Kindern.

Sie mussten sie liegen lassen, die Toten – einfach liegen lassen.

Der Krieg ist ein gieriges Ungeheuer mit einem Magen so groß, dass die ganze Welt hineinpasst. Er ist nicht wählerisch. Er verschlingt Menschen, egal wie alt oder jung sie sind. Städte und Länder zermalmt er wie nichts, und er ist noch nicht satt, sagen wir euch.

•

Endlich Nachricht von Ludwig.

Kaglino, den 10. Februar 1944

Liebe Leni!

Nach Tagen harter Kämpfe sind wir aus der Einkesselung ausgebrochen und aus dem Kampf herausgezogen worden.
Zur Zeit liegen wir auf einem entlegenen Gutshof.
Wir sind durch ein Granatfeuer gelaufen. Es gab viele Verwundete und Tote auf unserer Seite, wohl auch auf der anderen.
Das Menschsein wird dir hier ausgetrieben. Jetzt haben wir mal einige Tage Feuerpause, außer-

dem zwingt uns der Schneesturm dazu.
Was ich vom 12. Dezember bis zum Hl. Abend durchgemacht habe, war grausam.
Aber ich werde durchhalten und alles aushalten, die Gedanken an Dich machen mich mutig.
Lass Dich nicht unterkriegen, Leni, und bleib mir treu.
Wir werden eine Hochzeit feiern, wie sie noch keiner gesehen hat, das versprech` ich Dir!
Geh zur Mutter, ich bin sicher, sie wird Dich gern haben.

Es grüßt und küsst Dich
Dein Wigg

Schreib mir oft, denn es geht viel Post verloren!

•

„Grüaß Gott, Koller Muadder, i bin d' Leni, an Wigg die Seine!"

Anni schaute sie an, als müsste sie die Passform ihres Kleides begutachten.

Leni zog einen Stuhl unterm Tisch hervor und setzte sich, ganz selbstverständlich.

„Wos sogst, gfoi i dir?“

„Dem Anschein noch scha.“

„Da Wigg braucht hoit a Frau, die eahm net herumkommandiert, net ausschmiert – net grob…“ Da hätte sie nichts, rein gar nichts, zu befürchten, fiel Leni ihr eifrig ins Wort.

Sie heiratet nur einen Mann, den sie mag, und wenn sie ihn mag, wird auch er sie mögen, dann kommen Kinder, dann hätte sie genug zu tun mit Windeln waschen, dann hätte sie keine Zeit mehr für Bosheiten oder „Gspaßettl“.

Aber auch sie nimmt nicht jeden Dahergelaufenen. Sie schätzt Männer, die schwere Arbeit verrichten, damit die Familie genug zu essen hat, Männer, die freigiebig sind mit allem, was sie haben – und Männer, die nicht jedem Weiberkittel hinterherschauen. Alle anderen können ihr den Buckel hinunterrutschen!

Anni hörte verblüfft zu. Es schien ihr, dass Leni keine Sekunde daran zweifelte, dass alles so kommen würde, wie sie es sich ausmalte.

Sie lachte kurz auf.

„Wenn des aso is, Dirndl, bist du die Richtige für mein Buam, und er der Richtige für di!“

•

Maria stand wieder im Laden der Kramer Zenz.

Das Gehwerk der Zenz war schon so marode, dass sie sich nurmehr auf Krücken fortbewegen konnte. Sie hatte keine Nachkommen, deshalb hegte Maria die Hoffnung, als Erbin eingesetzt zu werden, und schluckte die bissigen Bemerkungen der Zenz ohne Widerrede.

„Zerst war dir nix und neamd guat gnua“, stichelte sie, „host higschbiem auf dei Hoamat und deine Leit, und jetzt…“

•

Seit einiger Zeit hatte ein Mann mittleren Alters ein Auge auf Maria geworfen – das linke. Das rechte war mit einer schwarzen Augenklappe verdeckt. Der leichtfertig verschossene Pfeil eines Schulfreundes hatte ihn, den Flüchtling Hans, vor dem Kriegseinsatz bewahrt.

Sein Haar war dicht und lockig wie bei einem Lamm.

Nie ging Hans ohne Hut. Dass er verwegen und fesch damit aussah, wenn er ihn schräg über dem Ohr trug, brauchte ihm niemand zu sagen, er wusste es selbst.

Es war ein sengender Julitag, die Wiesen waren gemäht und lagen da in wartendem, ruhendem Zustand. Ein Tag für Bremsen und Mücken.

Hans legte sich in den Schatten einer Staude. Er wartete auf Maria.

Sie ließ ihn warten.

Nach einer Stunde wurde er müde, drehte sich auf die Seite, winkelte die Knie an, benutzte den Hut als Kopfkissen und döste ein.

Eine seiner Hände lag mit der Innenfläche nach oben im Gras. Maria berührte sie mit den Fingerspitzen.

Hans fuhr hoch, reichte Maria die Hand und deutete eine Verbeugung an.

Eine Weile saßen sie schweigend nebeneinander.

„Wenn wir nicht miteinander reden, Maria, lernen wir uns nicht kennen."

„Dann red!"

„Ich hatte einmal ein kleines Schuhgeschäft drüben, eigentlich bin ich Flickschuster. Wenn ich wieder an Material und Werkzeug komme, mache ich dir Schuhe."

„Des kannst du?"

„Ich kann das!", sagte er und dann, mit festerer Stimme: „Es wird und muss anders werden, Maria!"

„Host du a Frau ghobt, Hans?"

„Ja, sie ist mir weggelaufen, warum fragst du?"

„Nur so!"

„Und du, gibt es einen?"

„Es hot oan gebm!"

„Und jetzt?"

„Es is z' spät, Hans!"

„Es ist nie zu spät, einen Haushalt zu gründen. Ich würde dir einen guten Ehemann abgeben!"

„I brauch koan!"

„Weißt du, was die Leute über dich sagen, Maria?"

„Intressiert mi net, hot mi na nia intressiert."

„Man kann mit dir reden, gut reden, sagen sie, aber wenn Marei sich entschlossen hat, etwas zu tun, dann tut sie es auch. Und wenn sie sich entschlossen hat, etwas nicht zu tun, kann sie keiner dazu bringen. Man kommt einfach nicht ran an dich, behaupten sie."

„Und?"

„Ich habe Hochachtung vor dir und deinem Mut, wie du das alles meisterst und wie fürsorglich du dich um deine Mutter kümmerst. Aber wer kümmert sich um dich, Maria? Du bist allein!“

„I spür’s net!“

„In ein paar Jahren wirst du es spüren, aber dann kann es vielleicht zu spät sein für Veränderungen. Du bist Witwe, Maria. Nimm an, es sagt einer: Lass die Finger von ihr, sie war schon einmal Ehefrau, sie wird dir die Vorzüge des ersten Mannes auftischen, ob du sie hören willst oder nicht. Nimm an, mir gefällt eine, die schon mehr Männer hatte, als ich Finger aufweisen kann, dann sagt einer: Sie wird auch dir Hörner aufsetzen. Wenn ich auf all diese Einwände hören würde, müsste ich allein bleiben.“

„I bin guat zrecht kemma alloa!“

Hans wurde laut:

„Aber Glück und Liebe, sagt dir das gar nichts, Maria? Verdammt nochmal, du bist erst dreißig und redest wie eine achtzigjährige Frau!“

Hans dämpfte seine Stimme wieder und versuchte es noch einmal betont langsam und mit Nachdruck:

„Schau, Maria, das Leben geht weiter. Menschen arbeiten, essen, schlafen, weinen, lachen, lieben sich, gehen auseinander, verlieben sich immer wieder und jeden Tag neu. Auf was wartest du also?“

„Auf nix!“

Hans sprang auf die Füße, tupfte sich den Schweiß von der Stirn und war fest entschlossen zu gehen.

„Bleib, Hans, bleib – bitte!“

Um Mitternacht erinnerte sie der Lärm dröhnender Flugzeugmotoren daran, dass immer noch Krieg war.

„In ein paar Minuten“, sagte Hans, „werden sie ihre mörderische Fracht abwerfen. Der Krieg ist ein gieriges Ungeheuer mit einem Maul so groß, dass die ganze Welt hineinpasst – und er ist nicht wählerisch. Er zermalmt Städte wie nichts. Schrecklich, denn es gibt nichts Endgültigeres als Asche! Oder weißt du etwas, was man aus Asche noch machen kann, Maria?“

„Im Augnblick net, Hans!“

•

Noch bevor die Sonne aufging, machte Hans Maria einen Heiratsantrag.

„Ich liebe dich, Maria, und ich werde es dir sehr schwer machen, mich nicht zu lieben!“

Sie brauchte keine Bedenkzeit mehr. Mit derselben Sicherheit, wie auf die Nacht der Tag folgt, sagte sie Ja.

Hans nahm sie in den Arm. Er umfasste sie so fest, dass ihr der Rücken schmerzte. Doch Maria hielt still. Sie genoss die Wärme seines Körpers.

Sie war sich selbst ein Rätsel.

•

20.3.1945

Liebe Leni!

Wir sind irgendwo auf ländlichem Gebiet im Süden Russlands, in einem menschenleeren Dorf.
Endlich können wir uns waschen.
Nach acht Tagen Fußmarsch bin ich völlig fertig.
Das ganze Bataillon hat Läuse, sie lassen uns nicht zur Ruhe kommen.
Es geht auf Ostern zu, auf den Bergen liegt zwar noch Schnee, aber hier im Tal wird alles langsam grün.
Ich hab Heimweh, Leni. Heimweh nach einem großen Haferl kuhwarmer Milch, nach der Mutter, wie sie Holz aufschichtet, und Heimweh nach Dir, Leni, das ist das schlimmste Heimweh von allen.

Komm her, setz Dich auf meinen Schoß und lass Dich drücken.
Hoffentlich geht es Euch gut.

Ein baldiges Wiedersehen wünscht sich

Dein Wigg

VI

Mai 1945. Der Krieg war zu Ende.

Zehntausende gingen in die Gefangenschaft. Jeder Dritte war verschollen oder an den unmenschlichen Umständen zugrunde gegangen.

Ludwig gehörte zu den Heimkehrern.

Die ausgemergelte Gestalt, die dem Zug entstieg, glich nicht mehr dem Bild des kräftigen, gesunden Mannes, das Leni immer bei sich trug.

„Endlich dahoam – endlich frei."

Ludwig sagte es weder jubelnd, flüsternd noch laut. Er sprach es aus wie den Namen einer Ortschaft.

Lenis Begrüßung fiel eher zurückhaltend aus.

Sein bärtiges Gesicht wirkte greisenhaft, anziehend und abwehrend zugleich.

Nach ein paar Tagen Ruhe trieb ihn der Bauer wieder an die Arbeit.

„Nur d' Oarbat vertreibt dein Wehdam, Wigg, wirst sehgn", meinte der Bauer, und er meinte es ausnahmsweise einmal gut.

Aber auch die Arbeit am Pflug ließ ihn nicht froh werden. Sie konnte das Erlebte nicht verdrängen. Es rumorte in seinem Innern.

Nur für Leni und seine Mutter rang er sich manchmal ein Lächeln ab.

Seine Augen in ihren tiefen Höhlen forschten alle aus, um zu sehen, ob verstanden würde, was er nicht in Worte fassen konnte. Er hoffte, dass es nicht gegen ihn sprach.

•

Nacht für Nacht raubten ihm Albträume den Schlaf.

Ludwig ist wieder Soldat.

Er läuft eine Straße entlang, tritt Türen ein, legt Feuer, versetzt Frauen und Kinder in Todesangst.

„Brot oder Leben!“, brüllt er, plündert, reißt einem Sterbenden die Schuhe von den Füßen, schießt und schlägt mit dem Gewehrkolben zu. Blut spritzt auf.

Er steht auf einem hohen Berg, breitet die Arme aus, er kann fliegen, weit über die Wolken hinweg.

Plötzlich verheddert er sich in einem Gewirr aus Stacheldraht, er kämpft um sein Leben, er schlägt um sich.

„Wigg! Wigg! Kimm zu dir, i bin ja do!“

„Moch's Fenster auf, Leni, i kriag koa Luft!“

Sein Haar klebte an den Schläfen, er roch nach Schweiß. Ludwig malträtierte seinen Brustkorb mit wuchtigen Faustschlägen. Bruchstückartig wie splitterndes Eichenholz sprang es aus ihm heraus:

„I – kriag – koan Frieden do drin, Leni!“

Leni fing seine Faust ein. Mit einiger Anstrengung löste sie die Finger, einen nach dem anderen, aus der Verkrampfung, massierte seine Handfläche mit dem Daumen und hörte nicht auf, ihn zu beruhigen.

„I bin bei dir, Wigg – i bin bei dir!“

Wenn Ludwig von dieser Zeit sprach und über ihrer beider Leben nachdachte, fügte er immer hinzu, Leni sei sein Seelenbrot, sein Schwungrad. Ihr verdanke er, dass er herausgekommen sei aus seiner Selbstversunkenheit und dass die Albträume verblassten und weniger wurden.

•

Leni bog sein Leben in eine andere Richtung.

Er würde Vater werden.

Leni knetete Brotteig. Ihre Hände steckten bis zu den Gelenken in der zähen Teigmasse, die sie bearbeitete, wie neugeborene Kätzchen den Bauch der Mutter bearbeiten, um den Milchfluss anzuregen.

Immer wieder hielt sie inne. Schwindel und Übelkeit machten ihr zu schaffen.

„Habts ebbs agricht, ihr zwoa?“

Eigentlich war es eher eine Feststellung als eine Frage.

Obwohl die Cilli selbst nie schwanger gewesen war, konnte man ihr auch in dieser Hinsicht nichts vormachen.

„In vier Wocha wird gheirat, Leni, damitst net ins Gred kimmst – wenn's dir recht is!“

Freilich war es ihr recht.

Ludwig nahm sie in die Arme, hob sie hoch, wirbelte sie im Kreis herum, immer schneller bis er keuchend mit ihr auf der Ofenbank landete. Minutenlang lagen sie da und lachten – ein glückliches, ein befreiendes Lachen.

Die Grandnerin freute sich mit Leni, aber sie spürte auch, dass sie ihr fehlen würde. Sie hätte an ihr einen Narren gefressen, das musste sie sich oft anhören.

Wusste sie vielleicht doch von dem Techtelmechtel des Bauern mit der Hauser Paula?

War Leni doch ein Produkt seiner Seitensprünge?

Es wurde wild durcheinander spekuliert, als sich die Rosl bereit erklärte, die Kosten der Hochzeit zu übernehmen und sie auszurichten wie für eine eigene Tochter.

Es wird Leberknödelsuppe, Fleischpflanzerl mit Kartoffelsalat, Schweinebraten mit Knödeln und Kraut, Malzkaffee und ausgezogene Krapfen und Hefezopf mit vielen Weinbeeren geben.

Jeder darf essen, so viel er mag – und das war schon etwas ganz Besonderes in diesen mageren Zeiten, wo kaum einer Geld hatte, und wenn er Geld hatte, dann war es nichts mehr wert. Lebensmittel gab es nur auf Marken.

Besser ging es denjenigen, die einen Bauernhof oder etwas Grund und Boden besaßen und alles, was auf den Tisch kam, selbst erzeugen konnten.

Leni traf sofort die ersten Vorbereitungen. Sie putzte und ölte die Nähmaschine. Selbstverständlich wird sie das Brautkleid selber nähen, das spart Geld, keine Frage.

Sie solle damit warten, riet ihr die Cilli, bis acht Tage vor der Hochzeit. Sie wird zulegen und oben herum fülliger werden, dann kann es passieren, dass sie die Knöpfe nicht mehr zubringt.

Warten wollte Leni nicht. Sie radelte aus dem Schnittmusterbogen statt Größe 40 Größe 42 heraus, damit war das Problem vorausschauend gut gelöst.

•

Ungläubiges Staunen der Dorfbewohner, als die Brautleute Arm in Arm aus dem Hoftor traten.

Was für ein schönes Paar!

Leni hatte ihr Haar zu einem Knoten zurückgebunden und mit einem Myrthenkränzchen umschlungen. Das schlichte, bodenlange Kleid aus cremefarbenem Taft sowie der Brautstrauß aus rosaroten Nelken und üppigen Asparagusranken verwandelten sie in eine vornehme Erscheinung.

Nur ein Blick auf ihre Hände hätte genügt und man hätte gesehen, dass sie damit harte Arbeit verrichtete. Heute durfte sie, ohne diesen Makel verbergen zu wollen, weiße Handschuhe darüberziehen.

Anni stand abseits. Mit einem lachenden und einem weinenden Auge schaute sie zu.

Der Bub sieht besser aus im weißen Hemd und schwarzen Anzug als Franz seinerzeit im gleichen Alter. Seine Schultern sind breiter geworden, viel breiter. Das war ihr zuvor nie aufgefallen.

Bei Ludwig schienen es die Schultern zu sein, nicht die Fäuste, als hätte er sich von Kindesbeinen an immer nur mit den Schultern aus allen Schwierigkeiten herausgeboxt.

Der Hochzeitszug setzte sich in Bewegung. Anni reihte sich schweigend ein.

Ergriffen verfolgte sie die feierliche Zeremonie. Es gefiel ihr, wie Ludwig sich Zeit ließ, ehe er auf die Fragen des Pfarrers antwortete, und wie ernst und bedachtsam er Leni den Ring an den Finger steckte.

•

Die Bauernstube war voller gut gelaunter junger Leute.

Maria versuchte ihre Mutter in ein Gespräch zu verwickeln, aber es gelang ihr kaum. Anni nahm es ihr übel, dass sie die wilde Ehe mit Hans noch immer nicht beendet hatte.

Dass Maria längst wieder mit dem Gedanken spielte, fortzugehen, verschwieg sie.

Hans dagegen verstand es, sich den Gegebenheiten dankbar anzupassen. Er hatte sich in einer Ecke seiner Wohnung eine bescheidene Reparaturwerkstatt eingerichtet und erfreute sich allgemein großer Beliebtheit und Wertschätzung. Hans war kein Angeber, kein Aufschneider, und er spielte Ziehharmonika so gut wie niemand sonst rundherum.

Genau das war es, womit er die als stur und wortkarg bekannten Waldler für sich gewinnen konnte.

Heute spielte er für die Brautleute.

Hans holte das Instrument aus dem Kasten, streifte sich die Riemen über die Schultern, schob die linke Hand zu den Bassknöpfen vor und begann zu ziehen, als wollte er ausprobieren, ob sie noch funktionierte.

Die beiden Stimmen der Ziehharmonika, zart und wohltönend, erfüllten die Stube. Hans spielte eine Walzermelodie, die anstieg und abfiel wie eine Kette kleiner Kuppen und Niederungen. Mit den Schuhen klopfte er den Takt und nickte mit dem Kopf dazu. Sein ganzer Körper schaukelte zur Melodie.

Als das Tempo zunahm, umklammerten sich Ludwig und Leni, mitgerissen von der Musik, wie Ertrinkende.

Die Umstehenden schauten zu und klatschten. Es war, als beklatschten sie die unglaubliche Beweglichkeit der vier Füße.

Der Grandner-Bauer gab unverständliche Laute von sich. Das bedeutete, dass er betrunken war. Lois passte nur zu gut in die Szenerie des heruntergekommenen Hofes.

Es war auf den Tag genau drei Jahre her, dass Lois im selben desolaten Zustand vom Weg abgekommen, eine Böschung hinuntergestürzt und schwer verletzt die ganze Nacht liegen geblieben war.

„Tuat's weh, Lois?"

Als Antwort hatte er seine Hose aufgeknöpft. Sie war vom Dreck verkrustet, hundertmal durchnässt und wieder getrocknet. Nun sank sie um seine Knöchel zu Boden.

Er hatte sich umgedreht, damit Rosl die Rückseite seines Oberschenkels sehen konnte, wo knapp über der Kniebeuge etwas Rasiermesserscharfes eine klaffende Wunde in sein Fleisch geschnitten hatte.

Sie musste gesäubert werden. Rosl hatte die etwa zehn Zentimeter lange Verletzung mit Arnika betupft.

„Tuat's weh?", fragte Rosl abermals mitfühlend.

„Frog net!"

Sie wird heilen, wenn man sie sauber hält. Alles heilt, wenn man nicht daran stirbt.

Die Wunde infizierte sich doch und griff den Knochen an.

Bis in den Winter hinein war der Bauer ans Bett gefesselt. Rosl hatte ihn aufopfernd gepflegt, mit dem Eheversprechen im Hinterkopf: in guten, wie in schlechten Tagen …

Schwer angeschlagen war Lois wieder auf die Beine gekommen.

Sein Imponiergehabe und gewichtiges Aussehen hatte er liegen lassen.

Lois stützte zuerst die Ellenbogen auf den Tisch wie ein Ochse, der vom Stallboden aufsteht. Nach mehreren Versuchen gelang es ihm endlich, auch sein Hinterteil anzuheben.

Schließlich stand er.

„Silenzium!“, brüllte er. Die unkontrollierte Armbewegung, die er dabei machte, brachte ihn aus dem Gleichgewicht, sodass er wieder auf die Bank zurückplumpste.

„Dir, Wigg, dir gib i a Kuah mit – d’ Lies. ’S erste Kaibe, de’s kriagt, geht wieder auf ’n Hof zruck, verstandn?“

Rosl schüttelte den Kopf. Immer öfter zeigte sich der Bauer freigiebig. Im Rausch war ihm alles wurscht, denn früher oder später, sagte er sich, würde der Hof sowieso in fremde Hände kommen.

Ludwig wusste, der Bauer wollte die Lies schon lange loswerden. Sie hatte die schlechte Angewohnheit, auszuschlagen und nach den Kühen neben ihr zu stoßen.

Trotz seiner Gerissenheit – er brachte es immer noch fertig, einer Kuh das Euter wegzuschwatzen und es einem Ochsen anzudichten – fand sich kein Käufer.

Noch bevor es Tag wurde, belud Leni ihren Kammerwagen, einen Leiterwagen, mit ihrem Bettzeug, einem Brotkorb mit Eiern, einem Steingutgefäß mit Butterschmalz, zwei Garnituren rot-weiß karierter Bettwäsche und dem wertvollsten Hochzeitsgeschenk der Bäuerin, der Nähmaschine.

VII

Ludwig und Leni gingen zusammen mit der Kuh am Rande des Kiefernwaldes entlang, ohne einen traurigen Blick zurückzuwerfen.

Leni lief barfuß. Die talergroßen Blasen an den Fersen, verursacht von den ungewohnt engen Brautschuhen, waren der Grund dafür.

Sie summte unentwegt die Melodien, nach denen sie vergangene Nacht getanzt hatten.

Ludwig steckte seinen Hut auf einen Stock und drehte ihn wie ein Jongleur über seinem Kopf.

Sie benahmen sich wie ausgelassene Kinder.

Die Wahrheit war, dass Leni keinen Mut brauchte, um in Ludwigs Elternhaus in die Einöde zu ziehen. Es entsprach ihr – die Stille, die Sonne, der langsame Tagesablauf und die Aussicht, etwas Eigenes zu besitzen.

Leni war zufrieden, wie viele Menschen, die sich ihrer selbst sicher sind.

•

Gerüche, Farben, Geräusche in der Natur sind alles andere als trügerisch.

Es roch nach Herbst.

Die Zugvögel versammelten sich. Wie auf ein geheimes Signal hin flog der Anführer auf und drehte zur Sonne hin ab. Die anderen folgten ihm wie eine Brandung und sofort verschwanden sie im Schatten. Mit einem Male war es so, als hätte die Hälfte der Vögel sich in Luft aufgelöst.

Das Rotwild trat aus den Wäldern auf die Lichtungen. Die Brunftzeit begann.

Die Hirsche röhrten sich die Kraft aus den Leibern: das alte Lied von Sieg und Niederlage, Macht und Ohnmacht.

Leni grub den Garten um und Anni düngte den Boden mit Kuhmist.

Anni hatte sich in den vergangenen Jahren Ziegen und einen Bock gehalten. Deshalb war es den Nachbarn zur Gewohnheit geworden, ihre brünftigen Ziegen zu ihr zu bringen. Sie pflegte für einen Besuch fünfzig Pfennige zu nehmen. Schlug es bei der Ziege nicht an, war eine weitere Zusammenführung frei.

Ludwig verschacherte die Ziegen zusammen mit dem Bock für zwei Fuder Heu. Er besaß noch nicht so viel Weideland, um eine Kuh den Winter über durchfüttern zu können.

•

Zu diesem Zeitpunkt war Leni überzeugt davon, die Lies soweit gezähmt zu haben, dass es genügte, mit dem Stock vor ihren Augen herumzufuchteln und ihr zu drohen.

„Muck di net, sonst kriagst oane!“

An diesem Abend vergaß sie den Stock. Die Lies schlug aus und traf Leni so heftig, dass sie vom Melkschemel geschleudert wurde und an die Wand gegenüber prallte.

„Wigg! Wigg! Muadder! 'S Kind! 'S Kind!"

Ludwig trug sie in die Stube.

Massive Blutungen setzten ein.

Der herbeigerufene Arzt bestätigte die Fehlgeburt.

„Aber ich kann Sie beruhigen, Frau Koller, einer erneuten Schwangerschaft steht nichts im Wege."

•

Doch Leni dachte nicht im Entferntesten an die Zukunft.

Sie zerschnitt, zerriss und verbrannte die in liebevoller Handarbeit angefertigte Babykleidung. Die Nähmaschine deckte sie mit einem Leinentuch zu wie einen Leichnam.

Lenis Zustand verschlechterte sich zusehends. Und Ludwig vermochte dagegen nichts auszurichten. Schon bei der leisesten Berührung rollte sie sich ein und rückte bis zur Bettkante von ihm ab.

Wie ein Stein fiel Ludwig in die Kissen.

„Du mogst mi nimmer, Leni."

Leni lief in der Kammer von einer Ecke zur anderen wie ein Käfer, den man in eine Schachtel gesperrt hat, der nach einem Ausweg sucht und keinen findet.

Anni versuchte ihr Mut zuzusprechen, doch Leni sagte kaum mehr als ja und nein.

Nichts und niemand konnte ihre Schwermut beenden.

•

Ludwigs Hilflosigkeit schlug um in maßlose Wut.

Was hat er nur falsch gemacht?

Sein Herz schlägt immer noch links!

Er steigt immer noch mit dem rechten Fuß aus dem Bett!

Die schwersten Arbeiten nimmt er ihr immer noch ab!

Was hat er nur falsch gemacht?

Würde sie aufschreien, wenn er ins Wasser ginge oder einen Strick nähme?

Würde sie ihm ein Zeichen geben, ihn davon abzuhalten?

Ludwig beschlich das ungute Gefühl, ohne Leni verloren zu sein.

Er öffnete die Tür zum Stall. Die Lies stand auf und murrte.

Ludwig packte die Mistgabel und schlug mit dem Stiel über ihren Rücken.

Sie senkte den Kopf, glotzte ihn an mit ihren unverschämt ruhigen Augen, und Ludwig schlug noch kräftiger zu.

Die Lies legte sich auf die Streu aus getrockneten Buchenblättern.

In der Gewissheit, dass sie die Schuldige war am sonderbaren Verhalten seiner Leni, schlug er noch einmal auf sie ein, bis der Stiel abbrach.

„Du kimmst in d' Hej, Wigg, du kimmst in d' Hej!"

Seine Mutter schüttete einen Eimer kaltes Wasser gegen ihn aus, das brachte ihn endlich zur Besinnung.

Ihm war, als würde ihm die Kuh das niemals verzeihen. Er würde sie dem Grandner zurückbringen müssen – gleich morgen!

•

Ludwig schlief wieder im Heu.

Er wechselte nur selten die Kleidung, stank vor sich hin.

Tagtäglich erhob die Mutter den Zeigefinger, einmal in Ludwigs, einmal in Lenis Richtung, mahnte, dass Kinder nunmal nicht vom Himmel fielen.

„Du, Wigg, kannst dafür soargn, dass du wieder gepflegter ausschaust, und dir, Leni, sog i, Manner hand net so geduldig, wos des, du woaßt scha, betrifft."

•

Leni wurde vom Knarren der Haustür geweckt.

Ludwig schlug sich jetzt öfter die Nächte um die Ohren. Wo er sich herumtrieb, wusste sie nicht, aber es versetzte sie doch in Unruhe.

Sie hörte, wie er mit sich selbst redete, dann trat Stille ein. Zu ihrer Verwunderung vernahm sie die Töne seiner Mundharmonika.

Früher hatte sie oft den Wunsch geäußert, er solle für sie spielen. Immer hatte er verneint und sich in Ausreden geflüchtet: Er wisse nicht mehr, wo sie sei, sie sei sicher längst eingerostet, keinen Hauch mehr werde er herausbringen, er brauche es gar nicht erst zu versuchen.

Dass er die quälende Erinnerung an den Heiligen

Abend in Russland nicht aufrühren wollte, sagte er nicht. Seit dem „Stille Nacht" im Lager hatte er das Instrument nie mehr zwischen den Lippen gehabt.

Leni näherte sich Ludwig auf Zehenspitzen. Er stand am offenen Fenster und spielte.
Der Mond leuchtete riesengroß, zum Greifen nah.

Bis ins Innerste berührt legte Leni ihre warme Hand zwischen seine Schulterblätter und tätschelte seinen nackten, mit Sommersprossen übersäten Rücken.

„Kimm ins Bett, Wiggerl, es is Zeit!"

Bei jedem Wort schluckte sie und tätschelte ihn stärker, bis er sie anschaute und nickte.

•

Am anderen Morgen, einem Mittwoch im August, bemerkte Leni, dass die Bodenbretter in der Stube, die sonst die Farbe von Semmeln hatten, braun wie Erde waren.

Sie schickte Ludwig und Anni hinaus und schürte den Ofen.

Mit heißer Seifenlauge wird sie dem eingetrockneten Schmutz den Garaus machen.

Sie legte einen Kartoffelsack unter ihre Knie und begann zu schrubben. Sie hatte es zu lange nicht mehr getan. Je länger sie schrubbte, desto deutlicher kamen die Längsrillen der Bretter zum Vorschein.

•

Leni fing sich allmählich. Das Leben hatte sie wieder.

Dennoch tat sie sich schwer, dieser Krankheit, unter der sie gelitten hatte, einen Namen zu geben. So versuchte sie es Ludwig mit einem Bild zu erklären:

„I hob des Gfühl ghobt, Wigg, es liegt a Klumpn in meim Mogn, der mi andauernd druckt hat. Net amoi a sunniger Tog hat ebbs ausrichtn kinnt dagegn."

Tage später, als Ludwig wieder bei Leni schlief, kaufte er ihr ein Paar Hausschuhe aus moosgrünem Samt. Er bezahlte sie mit zwanzig Eiern und einem Huhn.

Vor Freude wäre er im Stande gewesen, einen Baum auszureißen und über das Hausdach zu werfen.

VIII

Vor Jahren, als die Mutter noch kräftig genug gewesen war, auf dem Feld zu arbeiten, hatten sie gewöhnlich alles gemeinsam gemacht.

Jetzt war sie fünfundsiebzig und Ludwig sah es in ihren Augen, an ihrer gebückten Haltung, dass sie alt geworden war.

Anni vergaß naheliegende Dinge. Sie fütterte die Hühner und vergaß die Eier einzusammeln. Sie wollte Reisig holen und kam mit leerer Schürze zurück.

Sie wartete jeden Sonntagnachmittag auf Maria und Hans. Dass sie nicht mehr im Dorf lebten, das von der Kramer Zenz geerbte Haus verkauft hatten, daran musste sie Ludwig jeden Sonntag aufs Neue erinnern.

•

Kaum war der Schnee verschwunden, fing Anni an, Leni zu drängen.

Überall graben sie schon die Gärten um, und wir?

Es ist zu früh zum Pflanzen, die Erde ist noch nicht warm genug, erklärte ihr Leni geduldig.

Wir sind immer die Letzten!, ereiferte sich Anni fast weinerlich.

Und die Gurken letztes Jahr, weißt du das nicht mehr, waren so lang und so dick wie dein Arm!

Jaja, niemand hört mehr auf die Alten!, seufzte Anni resigniert.

•

Endlich ging es hinaus auf die Felder und in die Gärten. Die Eisheiligen waren vorüber und Nachtfröste nicht mehr zu befürchten.

Der Mai war so heiß wie sonst der Juli.

Anni spannte einen Faden der Länge nach über ein Beet, streute haargenau dieser Linie nach Samen in die Erde, deckte ihn behutsam mit der Hand zu und steckte auf ein Stöckchen das leere Samentütchen, um gleich erkennen zu können, was die grünen Triebe, die bald in den gezogenen Reihen erscheinen würden, für ein Gemüse waren.

Anni rutschte bei dieser Arbeit immer auf den Knien vorwärts wie eine Büßerin. Plötzlich versuchte sie aufzustehen.

Leni half ihr auf die Beine. Wankend wie ein vom Sturm gebeutelter Baum schleppte sic sich wortlos auf das Haus zu.

Ludwig schlug die Axt in den Hackstock und eilte ihr nach.

„Bist krank, Muadder?“

„Naa, ich rast a weng, Wigg!“

Sie nahm ihr langes, schwarzes Sonntagsgewand aus dem Kasten, hängte es an die Tür und bürstete es mit derselben Hingabe und Sorgfalt, wie sie es vor jedem Kirchgang zu tun pflegte.

Sie bat Leni, ihr die Füße zu waschen. Jede Zehe war deformiert von den vielen Kuhtritten, die sie Zeit ihres Lebens abbekommen hatte.

Arme Mutter, dachte Leni, als sie ihr die vom ständigen Druck der Holzschuhe dicken Schwielen über dem Rist einseifte.

Anni war nicht mehr fähig zu laufen. Ludwig trug seine Mutter ins Bett.

Mein Gott, sie ist nicht schwerer als ein Laib Brot, und so dünn ist sie geworden, dass sich ihr Körper unter der Zudecke nicht mehr abzeichnet.

Zutiefst erschrocken über diese Tatsache benachrichtigte Ludwig sofort den Arzt.

Dieser untersuchte Anni sehr genau, wie eine Landkarte, auf der man einen bestimmten Ort ausfindig machen musste.

„Wenn es bis morgen nicht besser wird, Herr Koller, wird Ihre Mutter ins Krankenhaus müssen!"

Ludwig warf einen fragenden Blick auf seine Mutter. Sie schüttelte den Kopf. Da ließ er es auch den Arzt wissen:

„D' Muadder geht net ins Krankenhaus."

„Sie haben keine Wahl, Sie können sich hier nicht ordentlich um sie kümmern!“

„Des geht scha!“, beeilte sich Leni, ihm zu versichern.

Der Doktor kannte die Waldler. Sie hören nicht auf die Stimme der Vernunft. Die Leute hier wiederholen dauernd, was sie als Kinder von den Eltern oder Großeltern gehört haben. Sie sind bockig wie die Esel, sie nennen ihn einen Quacksalber. Aber wie sie sind, so sind sie nunmal – er hat gelernt, damit umzugehen.

„Möchtn S’ a Glasl Milch oder an Schluck Wasser, Herr Doktor?“

„Weder noch, danke!“

„Wos bin i schuldig?“

„Nichts. Wenn noch ein weiterer Besuch nötig ist, dann ja.“

Am anderen Tag machte Ludwig, der auf der Kreissäge Holz zerkleinerte, jede Stunde eine

Pause, um ins Haus zu gehen und sich zu vergewissern wie es seiner Mutter ging.

Sie öffnete die Augen und lächelte ihn an. Es war ein müdes, aber bewusstes Lächeln.

Anni alterte von Stunde zu Stunde.

Die Nachbarn kamen zu Besuch, sie brachten etwas zu essen, obwohl sie erklärte, sie brauche nichts außer Wasser.

Leni gab ihr zu trinken. Als sie ihr das Glas reichte, musste sie ihr den Kopf stützen. Er pendelte hin und her, als hinge er nurmehr an einem Faden.

In der folgenden Nacht verweigerte Anni auch das Wasser.

Ludwig wich nicht mehr von ihrer Seite. Er legte sich neben die Mutter und horchte auf ihre Atemzüge. Sie wurden immer schwächer, wie der aussetzende Wind, der über das Gras streicht, das kurz vor der Mahd steht.

Mit einem tiefen Seufzer endete ihr Leben.

•

Die Ruhe in der Stube war vollkommen.

Ludwig setzte sich an den Tisch und weinte. Sein Kopf sank dabei so tief herab, bis die Stirn das Wachstischtuch berührte.

Viele, viele Wochen lang durfte Leni nichts wegräumen, was ihn an die Mutter erinnerte: das Bistumsblatt und die Drahtgestellbrille auf dem Fensterbrett, das weiße Blechhaferl mit dem blauen Rand auf der Anrichte, das bunte Kopftuch, das sie winters wie sommers getragen hatte, über der Stuhllehne.

•

Im November, ein halbes Jahr nach dem Weggang der Mutter, war Leni nicht so redselig, wie man es von ihr gewohnt war.

Es ist das triste Wetter, vermutete Ludwig, das ihr aufs Gemüt schlägt. Wer mag schon den Totengräber der Farben?

Alles verlor sich im Nebel. Er stieg auf, fiel

herunter, kroch über die Felder, schleckte Steine und Dächer, verschleierte Bäume, tropfte von den Ästen. Es regnete.

Es lag nicht am Nebel. Lenis Augen und Ohren waren nicht nach außen, sondern in sie hineingerichtet.

Leni erwartete wieder ein Kind. Sie wollte es Ludwig nicht zwischen Tür und Angel sagen.

Wenn sie ihm etwas mitzuteilen hatte, was nur sie beide betraf, musste es mucksmäuschenstill und im Dunkeln sein.

Sie löschte das Licht, kroch unter seine Bettdecke, wühlte in seinem Haar, wickelte eine Locke, die wie eine Spirale in seine Stirn hing, um ihren Finger. Leni war es sehr feierlich zumute.

„Wiggerl!“

„Ja?“

Sie ergriff seine Hand und legte sie auf ihren Bauch.

Ludwig stockte der Atem. Er stotterte vor Aufregung.

„Bist – bist sicher, Leni?"

„Ganz sicher, Wiggerl!"

„Möchst a Dirnei oder an Buam?"

„Loss mi überlegn…"

Und Ludwig überlegte und überlegte – und kam zu dem Schluss:

„I streich oan Sprossn vom Bettstaderl hellblau und den andern rosarot, dann, Weiberl, kann kemma, wos mog!"

Er lachte, wurde aber sogleich wieder ernst.

„Es soit so schee wern wia du, Leni, und so stoiz, wia i grad bin!"

Dieses große Wort, „Stolz", hatte er noch nie benutzt, wenn er von sich selbst sprach.

•

Das Leben der jungen Familie verlief in ruhigen, geordneten Bahnen.

Franziska blieb das einzige Kind von Ludwig und Leni.

•

Mit sechzehn packte Franziska einen kleinen Koffer. Sie hatte, seit sie schreiben konnte, regen Briefkontakt mit Maria.

Du kannst bei mir wohnen, hatte sie ihr geschrieben. Hans und ich schauen uns um, dass wir eine ordentliche Arbeit für dich finden.

Mit Hans schien Maria einen guten Fang gemacht zu haben. Er war ein Genie im Organisieren und Beschaffen lebensnotwendiger Dinge. Sie wohnten in einer ehemaligen, ziemlich ramponierten Bäckerei. Hans nahm das gerne in Kauf. Ihm war das kleine Fenster zur Hauptstraße das Wichtigste. Er stellte ein Schild hinein mit dem Hinweis:

Reparaturen und maßgefertigte Schuhe
Inhaber: Hans Matuschek

Nur nicht aufgeben, wer oben sein will, muss unten anfangen, ein bisschen Hochstapeln schadet da nie, war seine Devise. Wenn Interessierte einmal in seiner Werkstatt waren, nagelte er sie fest. Irgendeinen Arbeitsauftrag – er war sich für nichts zu schade – zog er auf diese Weise immer an Land.

Sein musikalisches Talent erwies sich als weitere Einnahmequelle. Hans spielte bei jeder sich bietenden Gelegenheit und er fand es absolut nicht schändlich, an einer Straßenecke mit seiner Ziehharmonika den Passanten ein paar Pfennige aus der Tasche zu locken.

•

Ludwig wurmte es, dass ausgerechnet Maria sein „Zickerl" unter die Fittiche nahm. Einwände dagegen wären auf taube Ohren gestoßen, Franziska schwärmte geradezu von ihrer Tante.

Mit gemischten Gefühlen sahen Ludwig und Leni Franziskas Besuchen entgegen.

Die Angst, dass sie auf die schiefe Bahn geraten könnte, saß ihnen immer im Nacken.

„Gfoi i dir, Papa?"

Ludwig begaffte seine Tochter wie ein Wesen von einem anderen Stern. Das Kleid, das sie trug, bedeckte nur knapp ihre Pobacken.

„I woaß net, entweder deine Füaß hand z' lang, oder dei Gwand is z' kurz. Bucka derfst di net damit, sonst muasst di schama!"

„Geh, Papa, des is doch heit modern! Hob mi extra so schee hergricht für di!"

„Zuagricht moanst!"

Vom ersten selbstverdienten Geld in einer Wirtshausküche ließ sie sich die schönen roten Haare blond färben, besprühte es mit Taft, dass sie nicht mehr fielen, sondern standen. Es musste ein Pfuscher am Werk gewesen sein, denn jetzt gingen sie einen Stich ins Gelbe.

„Host di so verschandln lossn, Franziska", regte

sich Leni auf. „Wos schmierst denn do ins Gsicht, Dirndl?“

Franziska reichte der Mutter eine Tube.

„Les, wos drauf steht, Mama!“

Und Leni las laut vor: „Ma-ke-up!“

Franziska unterdrückte ein Lachen.

„Mek-ap hoißt des, Mama!“

Leni schleuderte beleidigt die Tube in die Ecke, als hätte sie sich daran die Finger verbrannt.

„Neumodischs Glumb, greislichs!“, schimpfte sie. „Sei staad, Leni, es is nimmer unsre Zeit!“

•

Franziska geriet nicht auf die schiefe Bahn, aber an einen Mann, dem sie blind ergeben war.

An einem Wochenende bestand Ingo darauf, endlich Franziskas Mitgift, das Waldhaus, in Augenschein zu nehmen.

Ohne Hemmungen schaute Ingo sich um. Er durchwühlte Schränke und Schubläden und warf Lenis Unterwäsche respektlos auf den Boden. Er suchte einen Sparstrumpf oder Wertgegenstände, die man schnell zu Geld machen könnte.

Als er nicht fündig wurde, verlor er ganz und gar die Beherrschung:

„Nicht auszuhalten, der Altersmief hier! Komm, Franziska, wir gehen! Steckt euch eure wurmstichige Hundehütte sonstwohin!"

In Ludwig brodelte es. Aber er verbiss sich jeglichen Kommentar. Er riss die Stubentür auf und zischte nur ein Wort:

„Verschwind!"

Franziska war wie gelähmt. Das niederträchtige Auftreten ihres Mannes überrollte sie wie eine Lawine, die den Traum, mit Ingo alt zu werden, unter sich begrub.

•

Es lief noch viel Wasser den Grundlbach hinunter, bis Ludwig und Leni die Erleichterungen des Wirtschaftswunders auch für sich in Anspruch nehmen konnten. Doch für jede Neuanschaffung mussten sie eisern sparen.

Als sie in die Jahre kamen, gaben sie die Landwirtschaft auf. Ludwig ging dem Maurerhandwerk nach, Leni saß an der Nähmaschine, bis ihre Sehkraft nachließ. Sie hatten ein hohes Alter erreicht, waren aber nie über die Grenzen des Bayerischen Waldes hinausgekommen.

Ludwig genügte die Zeitung. Mit leidenschaftlichem Interesse verfolgte er das Weltgeschehen und die Politik. Leni erfreute sich an den Ansichtskarten, die Franziska ihr aus dem Urlaub schickte. Aber sie verspürte zu keiner Zeit die Sehnsucht, all diese Orte mit eigenen Augen sehen zu wollen.

Franziska war stets davon überzeugt, die Eltern wegen ihres bescheidenen Lebens bedauern zu müssen.

Was der Vater ihr fast ärgerlich entgegenhielt,

hing über Jahrzehnte als Spruch in ihrer Wohnung und hängt noch heute im Hause seiner Enkelin:

Wir hatten nicht viel, aber immer genug.
Wem genug nicht reicht,
der wird nie zufrieden sein.

Resi Schandra

1939 geboren als Resi Luksch in Marchzipf, Gemeinde Kumreut im Bayerischen Wald (heute Freyung-Falkenbach). Sie entstammt einer Häuslerfamilie mit 14 Kindern, ihr Hausname lautet „Heisn-Resi".

1945 Eintritt in die Volksschule in Aigenstadl

1960 Heirat mit Alfons Schandra, 5 Kinder

1983 Vortrag erster Mundartgedichte und G'schichten im Schramlhaus

1984 Veröffentlichung des ersten Gedichtbandes „'S Lebm is koa Malehr"

1986 Veröffentlichung des zweiten Gedichtbandes „'S Lebm is bucklat und ebm"

1989 Veröffentlichung des dritten Gedichtbandes „Sunnstern"

1994 Veröffentlichung des vierten Gedichtbandes „Eiwendig aufknöpfen“

1999 Veröffentlichung des fünften Gedichtbandes „Gedankenflügel“

2003 Veröffentlichung des Bandes „Sonnenwende – Ansichten und Einsichten“, mit Aphorismen und Gedichten

Resi Schandra ist in Niederbayern und Oberösterreich bekannt durch ihre Lesungen und Gedichtvorträge in Mundart. Ihre Natürlichkeit in Wort und Geste machen jeden Vortrag zu einem Erlebnis. Radiosendungen im Bayerischen Rundfunk und bei Radio Passau haben sie einem größeren Publikum zugänglich gemacht.